D1464636

Biblioteca Era

Nellie Campobello

·

Cartucho

Relatos de la lucha en el Norte de México

Nellie Campobello

Cartucho

Relatos de la lucha en el Norte de México

Prólogo y cronología de
Jorge Aguilar Mora

Ediciones Era

Primera edición: 2000
Séptima reimpresión: 2013
ISBN: 978.968.411.455.5
DR © 2009, Carlos Mateo Moya Ochoa
DR © 2009, Ediciones Era, S.A. de C.V.
Calle del Trabajo 31, 14269 México, D.F.
Impreso y hecho en México
Printed and made in Mexico

Este libro no puede ser fotocopiado, ni reproducido total o parcialmente,
por ningún medio o método, sin la autorización por escrito del editor.

*This book may not be reproduced, in whole or in part,
in any form, without written permission from the publishers.*

www.edicionesera.com.mx

Índice

El silencio de Nellie Campobello
Jorge Aguilar Mora

"El padre Rentería se acordaría muchos años después de la noche en que la dureza de su cama lo tuvo despierto y después lo obligó a salir. Fue la noche en que murió Miguel Páramo."

Al inicio de *Cien años de soledad* (1967), García Márquez recreó así aquella cláusula de *Pedro Páramo* (1955): "Muchos años después, frente al pelotón de fusilamiento, el coronel Aureliano Buendía había de recordar aquella tarde remota en que su padre lo llevó a conocer el hielo".

De esta hermosa manera, *Cien años de soledad* le reconoció a la novela del mexicano que le hubiera servido de guía en la entrada al laberinto de su estilo. Como todos sus lectores recuerdan, García Márquez incorpora en su narración a personajes de otras novelas latinoamericanas: Víctor Hughes de *El siglo de las luces*, un personaje relacionado con el protagonista de *La muerte de Artemio Cruz*, el bebé Rocamadour de *Rayuela*... Sin embargo, en la novela del colombiano, que es la narración voraz y total de la historia de una familia y de una nación y que es también el símbolo lingüístico de un continente (y muchas cosas más, afortunadamente), *Pedro Páramo* no está presente en la mención de uno de sus personajes; está tejido con su propia carne textual, ofreciéndole a su imagen inaugural el ritmo, el tono lexical, la mesura de las frases: la frase inicial de *Cien años de soledad* será un tema fundamental a lo largo de la novela con variaciones en momentos decisivos de la historia, siempre ante la cercanía de la muerte, como en el memorable pasaje de la masacre de obreros de la bananera. Más aún, al final mismo de su novela, García Márquez volvió a recoger una imagen procedente justo de la última línea de *Pedro Páramo*, cuando Aureliano, al despertarse de la borrachera por la muerte de Amaranta Úrsula y al recordar a su hijo, cree que ésta ha resucitado para ocuparse del niño: "Pero el cadáver era un promontorio de piedras bajo la manta".

Al mismo tiempo, el sentido propio de la frase y de la imagen que unen a estas obras define la intransferible originalidad de ambas. Ese momento, años después, en que el padre Rentería recordaría la noche en que murió Miguel Páramo no aparece en la narración de *Pedro Páramo*; en cambio, el momento en que el coronel Aureliano Buendía, ante el pelotón de fusilamiento, recordaría cuando su padre lo llevó a conocer el hielo reaparece en *Cien años de soledad* unos capítulos después y se convierte en uno de los momentos críticos de la narración y de la novela.

El montón de piedras en que se convierte Pedro Páramo es la imagen más irónica posible ante el Cristianismo como institución; y el montículo de piedras en que se ha transformado Amaranta Úrsula es la metáfora más desoladora ante el optimismo historicista de la perfectibilidad humana.

La novela de Rulfo es el ejemplo magistral de la novela más abierta y más libre de la literatura latinoamericana del siglo XX; la del colombiano, igualmente magistral, es la estructura autosuficiente más perfecta en ese mismo siglo.

Cien años de soledad no hubiera sido posible sin *Pedro Páramo* y *Pedro Páramo* no hubiera sido posible sin *Cartucho* de Nellie Campobello. Ésta anticipa lúcidamente muchos rasgos que definirían el estilo de Rulfo: ese trato constante de las palabras con el silencio; ese parentesco en acción del silencio con la sobriedad irónica, tierna, de frases elípticas, breves, brevísimas, a veces casi imposiblemente breves; esa velocidad de la narración que, sin transición, recorre instantáneamente todos los registros del lenguaje y todas las intensidades de la realidad; esas metáforas súbitas y reveladoras de una acendrada unidad y fragilidad del mundo en donde lo humano y la naturaleza dejan de oponerse; esa convicción profunda, terrenal, de que el lenguaje, su lenguaje, corresponde a una experiencia propia e intransferible.

Y también está en *Cartucho* la fragmentación de la historia, la diseminación azarosa de imágenes que se conectan internamente, a través de canales profundos pero indistinguibles del tejido de las palabras. En Campobello, ese cuerpo último es la contemplación maternal de la lucha villista en o desde Hidalgo del Parral, Chihuahua; en la de Rulfo, la inversión de dos mitos totalizadores: el Paraíso perdido y la fundación de un mundo (o, específicamente en el caso cristiano, de una Iglesia).

Campobello escribió la crónica de lo que casi nadie quería, ni ha querido, escribir: del periodo entre 1916 y 1920 en el estado de Chihuahua. Los pocos historiadores que han tocado este tema han coincidido en llamarla la época más sombría de la historia de esta región. Alberto Calzadíaz Barrera, un admirable rescatador de testimonios de protagonistas revolucionarios en varios libros indispensables, la caracteriza de esta manera: "Nos estamos acercando a la fecha en que se inicia en el estado de Chihuahua la guerra de guerrillas más cruel y salvaje que se ha conocido en nuestra historia".[1] Y recientemente, Friedrich Katz, en su extraordinaria biografía de Villa, la describió así: "Los años 1917 a 1920 fueron la etapa más cruel que vivió Chihuahua durante la revolución y uno de los periodos más oscuros de toda su historia".[2]

Katz, fiel al título de su libro y fiel a su método propio, siguió con cuidado las actividades de Villa en estos años; y no se detuvo en otros personajes, por decirlo así, secundarios. Calzadíaz Barrera, en cambio, menos sistemático que Katz, recorrió la época a través de los testimonios de muchos de los participantes directos en esta guerra sombría.

Nellie Campobello se aproximó todavía más al acontecimiento pasajero, instantáneo, aparentemente insignificante, pero profundamente revelador. Ella no describió las batallas, ni las posiciones políticas; no rescató los testimonios extensos de los guerreros. Ella fue a su memoria para perpetuar los instantes más olvidables, para otros, y más intensos, para quienes los vivieron. Ella escribió de lo sucedido en "una tarde tranquila, borrada en la historia de la Revolución"; escribió de momentos literalmente originales de la historia y de personajes únicos como Pablo López, como Catarino Acosta, como José Díaz, como Pancho Villa, un hombre que "nació en 1910", ya que "antes nunca existió".[3] Y su libro es una baraja desparramada en un azar, en un azar marcado, como las tarjetas de Martín López o como las cartas de *El Siete*.

Rulfo narró, uniéndolos de manera estructuralmente perfecta, el mito del regreso de un hijo al paraíso de su madre y el mito de un san Pedro fundador, como piedra que es, de un mundo autosuficiente: "Eres piedra..." Pero aquel paraíso nunca fue sino un infierno, desde el momento mismo en que recibió su nombre: Comala; y el fundador nunca fue otra cosa que la piedra que le daba nombre –Pedro–, nunca fue otra cosa que un montón de piedras que terminaron derrumbándose y dejando caer, en el mismo acto, al pueblo y a la historia. Estas inversiones de dos mitos originales estructuran la novela: al principio, Juan Preciado aprende, aún antes de llegar, que Comala es literalmente un comal, más caliente que el infierno; al final, Pedro Páramo regresa al contenido tangible de su propio nombre, se encuentra con lo que siempre ha sido: una piedra. El punto de unión entre ambas inversiones es Abundio: medio hermano y guía de Juan Preciado; hijo y asesino de Pedro Páramo. Esta abundancia de sentido de un personaje que sólo aparece al principio y al final se sostiene gracias a un vacío: Juan desconoce que Abundio es su medio hermano y Pedro no reconoce a su hijo. Rulfo entró solo a un territorio que nadie había pisado. Y desde entonces, nadie, en la literatura mexicana, ni en la latinoamericana, ha recorrido con tanta intensidad ese territorio de una historia que se confunde con la destrucción de un proceso de simbolización. Herido de muerte, Pedro Páramo ve cómo "se sacudía el paraíso dejando caer sus hojas" y cómo todos se van de él; y luego "se fue desmoronando como si fuera un montón de piedras". Y el pueblo, como él mismo lo había predicho, se vuelve un páramo. El símbolo regresa a su principio, se deshace en sí mismo: la novela *Pedro Páramo* es nada menos que la transformación de un símbolo en su materia; y en ese sentido es todo lo contrario del proceso mítico cristiano y de todo proceso mítico.

Las obras maestras de Campobello y de Rulfo son opuestas y complementarias: *Cartucho* presenta la tensión que produce el cruce de lo personal con lo histórico; *Pedro Páramo*, en cambio, muestra el desmoronamiento simbólico y narrativo de cualquier intento de unidad de lo personal con lo histórico y con lo mítico. Pero, al mismo tiempo, ambas invierten de manera prodigiosa, conceptual y estilísticamente, todos los lugares comunes de la literatura mexicana. Esta inversión singulariza ambas obras y también las protege contra la banalización.

Nadie ha hecho la genealogía de la narrativa de la Revolución mexicana: por ello es imposible darle aquí una interpretación más amplia a esta estrecha filiación de *Cartucho* con *Pedro Páramo*. De cualquier modo, este acercamiento de las dos obras no pretende que la primera reciba su legitimidad de la fama reconocida de la segunda.

Es cierto que *Cartucho* no ha tenido el reconocimiento que merecen su singularidad y maestría narrativas; pero, dada la naturaleza de la república literaria mexicana en el siglo XX, donde la única cualidad permanente es el olvido de su propia tradición, el caso de *Cartucho* no es excepcional.

Circunstancias históricas y sociales impidieron en México el surgimiento de una vigorosa y decisiva vanguardia en los años diez y veinte: como empresa colectiva (aunque no necesariamente unificada), no existió en México nada tan trascendente como el movimiento peruano y como el argentino. La vanguardia continental europea se manifestó muy esquemáticamente en los estridentistas y muchos años les tomaría a sus postulados más profundos en madurar y en incorporarse, de manera sorprendente y paradójica, a formas correspondientes más a la poesía pura que al estricto vanguardismo: en el clasicismo riguroso de *Canto a un dios mineral* de Jorge Cuest y en el clasicismo deslumbrante de *Muerte sin fin* de José Gorostiza. La "otra vanguardia", la vertiente prosaísta de la anglosajona, apareció, como lo mostró hace tiempo José Emilio Pacheco, a través de Pedro Henríquez Ureña y de Salomón de la Selva, quien en 1923 publicó en México *El soldado desconocido*.[4]

Aquellas mismas circunstancias históricas y sociales provocaron también la compulsión de inventar una línea "coherente" e higiénica de generaciones o grupos que, entre otras consecuencias, convirtió a *Los de abajo* en una novela ejemplarmente "revolucionaria", hizo de *El águila y la serpiente* y *La sombra del caudillo* paradigmas de estilo clásico, estableció una secuencia genealógica aparentemente comprensible y explicable (Ateneo-Contemporáneos-Octavio Paz) y dejó al margen, como un "género" aislado, sólo conectado anecdóticamente con un periodo histórico, a casi toda la narrativa de la Revolución (decenas y decenas de obras).

Este aislamiento de la "novela de la Revolución" se rompe, en apariencia, con la inclusión en el canon del clasicismo mexicano de obras como *El águila y la serpiente*, *La sombra del caudillo*, las *Memorias de Pancho Villa* de Martín Luis Guzmán; o la autobiografía de Vasconcelos; o incluso, como obras de clausura, *Pedro Páramo* y *La muerte de Artemio Cruz*. Una crítica con aspiraciones de pureza estética o de pereza teórica ha escogido la solución más simple y engañosa: considerar todos estos textos como "novelas".

Estos casos, sin embargo, en vez de establecer una continuidad, revelan más claramente la complejidad del discurso narrativo de la Revolución. El carácter novelesco de las obras de Rulfo y Fuentes no está en cuestionamiento; pero la autobiografía de Vasconcelos y dos de las obras de Guzmán (*El águila y la serpiente* y *Memorias de Pancho Villa*) establecen –como muchas otras de este "género"– una relación plural muy intensa y complicada entre el discurso autobiográfico, el histórico y el literario. Precisamente su singular calidad artística abre perspectivas aún inexploradas por la crítica: la relación entre el

14

discurso individual y el colectivo, la relevancia de la imaginación en la verosimilitud histórica, la persistencia del eclecticismo como el método más practicado por nuestros pensadores y artistas...

Cartucho está justamente en todos esos vértices críticos de nuestro discurso histórico-literario: es quizás el libro más extraordinario donde se funden –sin solución de continuidad– la singularidad autobiográfica, el anonimato popular, la relación histórica, la transparencia literaria, la crónica familiar.

Se ha atribuido el menosprecio de *Cartucho* al hecho de que fuera escrito por una mujer. La historia de la literatura mexicana y las declaraciones mismas de Nellie Campobello indican que esa razón fue sólo un elemento entre otros: ciertamente, el destino de esta obra es un ejemplo del menosprecio en nuestro país por el talento singular de una mujer; pero ese mismo destino también habla –como lo señaló la misma Campobello– del autoritarismo de los adultos ante los jóvenes, de las luchas inescrupulosas por el poder literario y del duradero repudio del "bandido" Villa y de todos sus soldados: "Mi tema era despreciado, mis héroes estaban proscritos. A Francisco Villa lo consideraban peor que al propio Atila. A todos sus hombres los clasificaban de horribles bandidos y asesinos".[5]

Además, sabemos (o, mejor dicho, no sabemos) de muchas obras escritas por hombres y que fueron tan ignoradas como la de Campobello. Basta con recordar las novelas y los cuentos de Rafael F. Muñoz, algunos textos del doctor Atl, la novela *Juan Rivera* de Ramón Puente, *Tratados de un bien difícil* de Alfonso Gutiérrez Hermosillo, partes de las memorias de Nemesio García Naranjo... Incluso la apreciación crítica de *Muerte sin fin* de José Gorostiza ha sido, en general, parca y reticente, si se tiene en cuenta que no sólo es el mejor poema mexicano del siglo XX sino uno de los mejores de la lengua española de todos los tiempos.

Recientemente ha aparecido *Nellie Campobello: eros y violen-*

cia de Blanca Rodríguez, libro notable por su singular y rica aportación de datos y de muchas observaciones lúcidas, aunque el título no corresponda con el contenido.[6] Gracias a este libro se puede constatar que, en general, la obra de Campobello ha sido más apreciada en el extranjero que en México. Lamentablemente, la única traducción completa de *Cartucho* al inglés es pésima: a la ignorancia del español por parte de la traductora (y sobre todo del español del norte de México), hay que agregar por lo menos un descuido mayúsculo que omitió una columna de la edición hecha por Castro Leal para Aguilar y volvió incomprensible este texto formidable llamado "Mugre". Doris Meyer es la responsable de esa falta de respeto.[7]

Otro libro recién aparecido sobre Campobello es el de Irene Matthews: *Nellie Campobello. La centaura del Norte*, el cual, aunque aporta datos muy importantes y declaraciones de Campobello muy reveladoras, está escrito en un español que muchas veces no se reconoce a sí mismo, y contiene errores, omisiones y descuidos lamentables.[8]

La primera edición de *Cartucho* es de 1931. Contenía treinta y tres textos de imposible definición: relatos, los llamaba la autora. Enmarcados casi todos por esa etapa trágica y desconcertante en que el villismo, entre fulgores de heroísmo y de integridad inauditos, comenzaba a descomponerse; por esa etapa que se inició con las derrotas definitivas de la División del Norte (abril-julio de 1915) y que se prolongó con los años del regreso de Villa a la guerra de guerrillas (fines de 1915-principios de 1920), esos textos eran relatos de esa frontera intangible, inasible, invisible entre la vida y la muerte, eran estampas de la fugacidad terrenal, eran memorias desparramadas en imágenes, eran descripciones de momentos intransferibles (sobre todo el de la muerte), eran retratos de personajes que llenos de nombre andaban por el mundo en busca del apodo y del anonimato, eran semblanzas de personajes que se presentaban ya anónimos, eternamente anónimos, perdurando en su propio tiempo, en esa singularidad de los momentos que supieron, con una sabiduría irrecuperable, hacer suyos.

Cada uno de ellos, como en un movimiento particular, era menos y más que la totalidad del libro. *Cartucho* fue y sigue siendo un libro singular: una suma incandescente con la plenitud de partes que pueden ser mundos autosuficientes.

La primera frase del primer relato, cuyo título le daba nombre al libro, decía: "Cartucho no dijo su nombre". La velocidad de la frase era más rápida que las mismas balas y, sobre todo, más deslumbrante. Era un fogonazo de origen desconocido, y de fin desconocido. Era un fogonazo que sólo quería ser eso: un fulgor. Y así, cuando Cartucho desaparecía, la Mamá de Nellie preguntaba por él y "José Ruiz, de allá de Balleza, le respondía: 'Cartucho ya encontró lo que quería'".

"Cartucho no dijo su nombre": decía Nellie Campobello al principio de su libro. Y con la primera frase definía ya la postura de su estilo: entregarse con fidelidad al movimiento azaroso de los afectos de una niña y a la premura de los recuerdos de Mamá, una mujer adulta que quería ser fiel al destino de sus muertos.

Frente a esos afectos y frente a esos recuerdos, los personajes pasaban con una rapidez atónita, como si atravesaran un cuadro muy definido de percepción con la fugacidad con la que entraban al pueblo o con la que visitaban la casa de Nellie. No sólo eso. Pasaban por la narración sin ninguna necesidad de detenerse y siempre iban en busca de lo que más querían: su destino. Esas narraciones invertían la causalidad convencional de su época. Sus inicios más característicos no partían del origen temporal o temático; eran súbitos, inesperados, sorprendentes, como si desde el principio se estuviera resolviendo un enigma que nunca se había pronunciado o que se había enunciado fuera de la narración: "Y pasaba todos los días, flaco, mal vestido, era un soldado"; en otras ocasiones, el origen era geográfico y literal, tan literal que se volvía opaco, sobre todo cuando se refería a pueblos cuyo sentido era pleno sólo para la narradora o para los personajes que habitaban el libro o las regiones del norte mexicano: "El coronel Bustillos era de San Pablo de Balleza". Pero la imagen inicial más persistente era la impresión veloz, azarosa, intensa de los personajes: "Agustín Gracia era alto, pálido, de bigotes chiquitos, la cara fina y la mirada dulce..."; "Nervioso, delgado, caminando recto..." (desgraciadamente, este principio enormemente dinámico y efectivo de "Epifanio" sería eliminado en la segunda edición).

Correspondientemente, sus finales tenían muchas veces acento de plegaria; redundancia ritual; plenitud de ceremonia religiosa. Respondían no a la estructura dramática, sino a la trágica: el sentido no nacía del final de un hecho sino de la asunción de un destino. El relato de "Bartolo" era ejemplar en su conclusión. Se contaba primero cómo Bartolo se había unido a la Revolución después de haber matado a un hombre con quien se había fugado su hermana y a continuación se hablaba del noviazgo de Bartolo con Anita, una joven de Parral. En una súbita transición aparecía la hermana de Bartolo buscando a Anita "para que me diga los lugares donde él estuvo, lo que él quiso, lo que él hacía". Sin mencionar su muerte, Bartolo era recuperado a través de los recuerdos de su novia y de la misma Nellie. Finalmente, se volvía explícito el amor de la hermana y se repetía como una letanía el motivo central de la historia: "La hermana lo quería mucho, era muy bonita, tenía muchos enamorados. Bartolo dijo que iba a matarle a todos los hombres que anduvieran con ella".

Esta inversión de las relaciones causales narrativas era un síntoma más de la visión de un mundo al revés. Sin embargo, a diferencia de la operación que realizó años después Rulfo, donde se invertían mitos fundamentales de Occidente, el hallazgo iluminador de Campobello fue hundir la historia –la macrohistoria– en las minucias, en los rincones, en la anonimia, en los sobreentendidos, en los recintos más diminutos de la voluntad de los hacedores de esa historia. No había detalle en Campobello que no tuviera un sentido totalizador, no había instante que no fuera la grieta finísima por donde penetraba la eternidad. La historia monumental estaba boca abajo, de bruces sobre su insoportable literalidad, sobre su propia fugacidad, sobre las cicatrices del recuerdo, sobre el esplendor indiferente de la naturaleza, sobre la belleza instantánea de alguien a punto de morir, sobre la mugre o lo grotesco de un cadáver inolvidable, sobre la decisión inquebrantable del mundo y de ciertos habitantes suyos –allá en la Segunda del Rayo de Parral, Chihuahua– de afirmar su existencia pura, su pura existencia, punto por punto, segundo por segundo, como si fueran –mejor que ambiciosos de poder y de fama– simplemente hormigas: "Hacía una bella figura, imborrable para todos los que vieron el fusilamiento. Hoy existe un hormiguero en donde dicen que está enterrada".

En 1931 (y hoy) no sólo era imposible definir temáticamente aquellos treinta y tres relatos; muchas veces, también, era imposible decidir quién narraba. Eran imágenes de infancia y eran momentos contados indirectamente por la madre y eran versiones de testigos de otros hechos que ni la niña ni la madre habían podido presenciar y eran transcripciones de las confidencias de todos los que pasaban por aquella casa en la Segunda del Rayo: ¿qué eran? A veces, un texto brevísimo, de unos cuantos párrafos, era todo eso y más; también era una leyenda.

Solos, los treinta y tres relatos de la primera edición mostraban el testimonio, admirable por su precisión y por su fidelidad a sí mismo, de la experiencia de una niña ante la muerte. Con auténtica naturaleza infantil, Campobello transmitía esa visión descarnada donde el niño no ha interiorizado aún ninguna moral, donde no ha caído en la seducción de creerse un yo idéntico a sí mismo.

Campobello no había asumido la "seriedad" del adulto, éste sí verdaderamente egoísta, que, con espanto disfrazado de tolerancia, reprueba que una niña trate a los muertos como juguetes. Y con aquella distancia infantil, la narración denunciaba y ridiculizaba los juegos de los adultos donde se mata, se ejecuta prisioneros, se asesina, se masacra con una legitimidad que no tiene otro sustento que la supuesta seriedad de la edad madura, es decir, la arbitrariedad con la que el poder y la autoridad imponen sus asuntos como ridículamente "trascendentales" e inevitables.

Después de hacer suyo un cadáver que pasaba varios días tirado frente a su casa, la niña, con una franqueza desconocida (olvidada) para los adultos, confesaba, cuando se llevaban a "su muerto", que "me dormí aquel día soñando en que fusilarían otro y deseando que fuera ante mi casa" ("Desde una ventana"). Muchos críticos se han escandalizado ante esta franqueza. Lo han hecho con mesura, por supuesto, queriendo restarle importancia, o evitando darle la importancia que merecería si ellos mismos trataran de ser coherentes con sus objeciones. Esta incongruencia de la crítica revela que se debería agregar, a la lista de las razones para el menosprecio de este libro (el sexismo, las luchas de poder literario, el repudio de Villa), otra más, y no la menos importante: el profundo pavor ante la visión directa, objetiva, amoral, inmediata de una auténtica niña.

En esa perspectiva, *Cartucho* se presentaba como un reto al autoritarismo de los adultos, como una denuncia de esa deformación que consiste en proyectar, contra la corriente del tiempo, la imagen de la madurez en la infancia.

Todos los niños acumulan muertos, todos los niños tienen esa doble visión de la muerte que manifiesta tan precisamente la narradora de *Cartucho*. No es culpa de ellos que los adultos hayan olvidado –por pudor moral o por miedo o por ambas cosas– que la muerte tiene dos caras: una material, brutal, corporal, impersonal (la primera versión del texto recién citado decía: "soñando en que fusilarían otro", sin la *a* preposicional de persona, como si el "otro" no fuera sino eso, un objeto o sustantivo casi impersonal); y otra cara, ideal, virtual, literalmente espiritual y siempre postergada.

Los niños saben que esas dos caras nunca se juntan, aunque vivan contemporáneamente: en "El muerto", la narración era dolorosamente lúcida. Primero aparecía, súbitamente, aquella figura de un jinete, mutilado de una pierna, que "iba pálido, la cara era muy bonita, su nariz parecía el filo de una espada... él creía que iba viendo un grupo de hombres grises, que estaban allá arriba de la calle y que le hacían señas... no volteó ni nada, iba como hipnotizado por las figuras grises..." Una hermana de Nellie comentaba que el hombre iba muy amarillo.

"–Va blanco por el ansia de la muerte –dije yo convencida de mis conocimientos en asuntos de muertos, porque lo que yo sentí en ese momento, lo que vi, fue un muerto montado en su caballo." Inmediatamente después, en una balacera, aquel hombre anónimo, a quien la narradora sólo podía identificar como "El mochito", caía acribillado y recibía dos tiros de gracia. El texto terminaba: "A pesar de todo, aquel fusilado no era un vivo, el hombre mocho que yo vi pasar frente a la casa ya estaba muerto". La niña sabía ver los cadáveres donde nuestros cuerpos se entregan a la nada, donde la materia recupera esa omnipotencia suya que nos ha prestado por algunos años; y también sabía ver, como en el caso del "mochito", la otra muerte, la virtual, la que traemos siempre con nosotros, a veces casi tangible, a veces sólo visible, casi siempre agazapada.

En relatos como éste, Nellie, con la inocencia radical de su mirada de niña, casi lograba juntar los dos rostros de la muerte en un punto de fuga inmediato. Los cadáveres eran juguetes vivos; los hombres eran futuros muertos. Lo imposible se volvía posible: la portentosa imagen de la resurrección de la que hablaba José Lezama Lima aparecía en los ojos de una niña y la inalcanzable imagen de la muerte quedaba al descubierto gracias a su mirada pura, a su pura mirada.

Una de las singularidades del estilo de Nellie Campobello residía precisamente en cómo a los treinta y un años de edad (o a los veintidós, según la fecha de nacimiento que se acepte de ella: o 1900 de acuerdo con los investigadores más acuciosos o 1909 de acuerdo con una versión cuyo origen es la misma Campobello), residía en cómo a los treinta y uno o veintidós años de edad había conservado, intacta, intacta, la perspectiva de su niñez.

Nellie Campobello no fue, como niña, diferente a otros niños. Fue diferente porque los acontecimientos históricos le ofrecieron juguetes que no sólo eran muñecas, que también eran cadáveres reales, visibles, tangibles, cotidianos. Y fue diferente, pero no como niña, sino como adulta, por la intensa voluntad que ejerció y que nunca abandonó de mantener viva aquella perspectiva de sus ojos de la infancia. Ella lo sabía muy bien y fue una elección, fue la elección de su destino.

Si Nellie Campobello nació con el siglo, como todo parece indicar (véase la biobibliografía adjunta), los acontecimientos que ella narraba *como niña* no habían sido contemplados por los ojos de la infancia sino por los de una adolescente que tendría entre quince y diecinueve años (hay datos que señalan que justamente a esta última edad Nellie tuvo un hijo). De ser así, *Cartucho* se elaboró entonces voluntariosa, premeditadamente, a partir de una decisión de rescatar la autenticidad, la inmediatez, de los recuerdos. La decisión de trasladar la perspectiva del relato a la mirada de la infancia fue genial. Y esa elección no destruía, ni falsificaba, la asunción de aquellos muertos como juguetes de infancia. Por el contrario, le daba una legitimidad vital, interna, más profunda.

Esta legitimidad se puede contrastar con otra crónica, igualmente legítima, de una niña, en Parral y en esos mismos años. Celia Herrera, en *Francisco Villa ante la historia*, narró en detalle dos ataques villistas a Parral: el de julio de 1917, en que murió el general Sobarzo, y el de abril de 1919.[9] Herrera quería denunciar los horrores cometidos por las hordas o chusmas de bandidos, de vándalos villistas; empresa exactamente contraria a la de Campobello. La legitimidad de su denuncia se volvió, por desgracia, esquemática, pues finalmente los villistas sólo aparecían como protagonistas de una guerra civil y su calidad de vándalos o bandoleros se reducía a una mera adjetivación de la autora. Nada en el texto demostraba la naturaleza denigrante que ella les atribuía a los villistas. No había pruebas, sólo había desprecio, que tenía posiblemente su justificación, pero que no nos ayuda a entender ni las vivencias personales, ni los acontecimientos históricos.

Como Herrera no demostraba nada, se volvía inevitable el

maniqueísmo moral. Campobello, aunque con el propósito explícito de reivindicar a esos bandidos villistas que tanto odiaba Herrera, no ocultaba la violencia, ni dividía la realidad en dos entidades morales sin reconciliación posible. La visión infantil contemporánea a los hechos y la presencia de la madre creaban puentes sólidos que impedían cualquier separación maniquea del mundo. El discurso de Herrera era el de una adulta que recordaba sus impresiones de niña y que juzgaba desde su posición de madurez a los personajes y hechos de su pasado; el de Campobello era el lenguaje de una niña que ha permanecido en su memoria, que recorre su memoria como se recorre el presente.

Así, que Campobello hubiera nacido, como ella decía, en 1909 y hubiera presenciado entre los seis y los diez años la mayoría de los hechos que relataba; o que fuera en 1900 y hubiera trasladado narrativamente los hechos de su adolescencia a la perspectiva infantil, la fuerza del estilo de *Cartucho* en 1931 era tan inaudita que rescató para siempre vidas únicas, destinos de alegría trágica, momentos imborrables, y fundó una genealogía literaria que llegaría a *Cien años de soledad*.

Debemos recordar que ningún muerto de la niña Campobello era un muerto cualquiera. Como ella lo señalaba al final de su prólogo, eran sobre todo fusilados o muertos en combate. Y estos fusilados o muertos en combate no eran tampoco muy comunes, en todos ellos había un rasgo único: asumían íntegramente su destino. Eran personajes anónimos, eran rancheros del Norte, y eran personajes trágicos.

Más notable aún es la ya señalada ausencia de maniqueísmo ideológico y moral bien destacado en libros como el de Celia Herrera y muy común en esa época: la división de partidos entre "revolucionarios" y "bandidos". Los personajes trágicos de Campobello eran villistas, desertores del villismo (Santos Ortiz en "Los hombres de Urbina" es quizás uno de los personajes más admirables del libro) y hasta enemigos acérrimos de

Villa, como Epifanio, el "colorado" (orozquista) a quien fusilaron por ser "amigo del obrero", o como ese coronel Bufanda, "carrancista que mandó matar todo un cuartel que estaba desarmado" y el cual, asesinado por la espalda y posteriormente pateado por todo el pueblo, "siguió sonriendo".

La niña percibió cómo estos personajes, que tal vez no poseían su vida por completo, sí asumían íntegramente su muerte como el recinto inexpugnable de su redención, como el último recurso de afirmar su humanidad ante todos los testigos de la opresión, la indiferencia, la arbitrariedad, el poder, el menosprecio. Eran desposeídos, eran la escoria, eran bandidos, pero nadie podía arrancarles el dominio sobre su modo de morir.

En la misma época, sólo Rafael F. Muñoz llegó a describir con tanta intensidad como Campobello esta voluntad trágica de muchos revolucionarios (¡*Vámonos con Pancho Villa!* se publicó el mismo año que *Cartucho*). Ambos escritores son los primeros que introdujeron en la literatura mexicana una dimensión vital desconocida hasta entonces: la seriedad del destino. Esta seriedad es difícilmente alcanzable en un país donde la desigualdad social y la incapacidad histórica de sus élites gobernantes tienden a convertir la imagen de la vida –y hasta sus detalles más íntimos– en una constante parodia o en una duración desvalorizada y a veces hasta vergonzosa. Antes que aquéllos, Martín Luis Guzmán, en *La sombra del caudillo*, había percibido la posibilidad trágica en los avatares del general Aguirre, pero había considerado ese destino no como una elección personal sino como un castigo. Su clasicismo, su visión escéptica de la Revolución y su fascinación no correspondida ante el poder, le impidieron a Guzmán concebir que un joven general tuviera la dignidad de un personaje trágico. En las circunstancias mexicanas, no había espacio, según él, para el ejercicio de la voluntad, ni para la intervención divina, sólo para la maquinaria ineluctable y corrupta del gobierno. Muñoz y Campobello, desviando su mirada del poder y dirigiéndola hacia los bandidos derrotados, supieron regresarle al destino trágico su singularidad y su inocencia. Y su grandeza.

En el primer texto del libro, el personaje del que nunca sabremos el nombre y del que sólo sabremos su apodo, "Cartucho", siempre cantaba la misma canción hasta hacer de ella la única cantable, la única posible: "No hay más que una canción y ésa era la que cantaba 'Cartucho'". Así son todas las vidas únicas: se canta siempre la misma canción; lo único que cambia es la intensidad. La diferencia entre una vida mediocre y una vida trágica está en la elección del nivel de intensidad. Y "Cartucho", cantando la única canción posible, escogió la intensidad máxima, la más pura, la más colectiva: encontró la muerte que quería y se confundió con todos sus semejantes en un acto único: "El amor lo hizo un cartucho. ¿Nosotros?... Cartuchos".

Con esa unión de la singularidad (que no la individualidad del nombre completo, que no los años de nacimiento y muerte grabados en una lápida "privada"), con esa unión de la singularidad y la colectividad, con esa unión de la canción única y el anonimato, el primer relato de *Cartucho* era como el tema afirmativo que daba la clave musical de todo el libro.

Los personajes de Campobello se distinguen por la asunción de su destino trágico, por el sentido colectivo de su personalidad, por su vocación irresistible hacia el anonimato. Carentes de un dominio sensible sobre su propia vida, por las condiciones de un régimen opresor y luego por las vicisitudes de la guerra, estos soldados daban el ejemplo de cómo se podía ejercer la dignidad humana asumiendo hasta el final la responsabilidad de su tiempo, de su vida biológica, ya que la vida social y política les era negada. Para muchos de ellos, esa manera de morir, de morir por una causa y por un caudillo, a los que veían como una prolongación de ellos mismos, era su única posesión, era literalmente lo único que tenían. Y eso lo ofrecían con gusto: a ellos mismos y a los compañeros que los veían morir.

Sólo la flojera de pensamiento puede atribuir esta actitud al machismo o al desprecio por la vida. En sus condiciones personales, sociales e históricas, esos soldados afirmaban su carencia total de recursos materiales y su riqueza espiritual de ser dueños bien conscientes de su destino.

Existen testimonios (y no de villistas sino de espías estadounidenses) que hablan precisamente de ese orgullo con el que los soldados de Villa se posesionaban de su muerte y la ofrecían a quienes quedaban detrás, en las trincheras. Y no era una actitud de mansedumbre o fatalidad ante la matanza, pues de hecho usaron y transmitieron formas muy efectivas de ataque en contra del ejército federal; eran decisiones vitales en situaciones irremediablemente extremas donde el miedo estaba ausente y donde sólo estaba presente el convencimiento de que le estaban dando *sentido* a su vida.

Los fusilamientos son momentos especiales en la relación con la muerte. Representan esa instancia en la que el gran misterio de la vida, el "cuándo" de la muerte, ha sido no revelado, pero sí borrado por otro, por otro que ha impuesto una fecha para el fin de un transcurso vital ajeno. Si el condenado a muerte tiene la solución del misterio más imponderable, nadie le envidia ese conocimiento. Ante esa situación límite, nuestra posición vital se vuelve ambigua, si no paradójica: en la vida cotidiana, avanzamos con la zozobra de desconocer el "cuándo" y, al mismo tiempo, de concedérsenos la oportunidad, nos negamos a saber la fecha de ese cuándo que quisiéramos desentrañar. Y nadie envidia al condenado, tampoco, porque a éste no sólo se le impone la terminación de su vida; se le impone además una reclusión que reduce al mínimo el ejercicio de la voluntad. Sin embargo, Campobello mostraba magistralmente, una y otra vez, cómo en ese punto estrecho de la celda de un condenado a muerte se podía desplegar, con una libertad inaudita, la voluntad soberana del ser humano, y se podía superar incluso el poder que los verdugos ejercían sobre el reo. Nada más ejemplar que los casos de Santos Ortiz en "Los hombres de Urbina" y de Pablo López en "Las tarjetas de Martín López". Mientras que este último texto apenas fue alterado para la segunda edición (se eliminó una frase), es en verdad doloroso que el primero fuera modificado exactamente en ese momento en que Nellie Campobello quería expresar cómo Santos Ortiz, ante el conocimiento de su muerte cierta, se posesionaba de su tiempo, se hacía dueño absoluto de su vida. En la primera edición, la concisión de las frases era insuperable: "Cuando ya tenía quince días de preso, uno de los compañeros, amigo íntimo que iba a morir junto con él, le dijo: 'rasúrate, Santos, pareces enfermo y triste'. 'Ya me van a matar y quiero terminar esta novela'. *Santos Ortiz no sabía si iba a estar en la cárcel una hora, dos días o un mes, sabía que lo iban a matar*".[10] Esto último, que yo subrayo, sólo adquiere su sentido de urgencia y de trascendencia si captamos su ritmo oral, su movimiento elíptico apoyado en el tono casi desesperado con el que la narradora nos quiere transmitir la información de una situación límite, irreversible.

Con esa concisión, Campobello mostraba que la urgencia de Santos Ortiz por terminar *Los tres mosqueteros* (novela que le había enviado la mamá de Nellie) era su única manera de llegar con su propio tiempo al tiempo que le habían impuesto de su propia muerte. La lectura de una novela fue la manera que encontró de asumir su vida con la única plenitud posible en esos momentos. ¿Cuántos han podido aceptar esos momentos últimos con la dignidad y la plenitud de Santos Ortiz o de Pablo López? Por ello, Martín, el hermano de éste, repetía y repetía, enseñando las fotos de su fusilamiento: "yo tengo que morir como él, él me ha enseñado cómo deben morir los villistas".

Así como se ha entendido mal ese supuesto "desprecio" por la vida –que era precisamente lo contrario–, también se ha entendido muy "sociológicamente" y muy esquemáticamente la relación de esos soldados con Villa. Los análisis del caudillismo latinoamericano no sólo importan modelos inaplicables a la historia de este continente, también ignoran las relaciones profundas e intensas de contacto vital entre el caudillo y sus seguidores. En el caso de Villa, la identidad de los soldados con su figura era total: eliminaba definitivamente la relación de jerarquía y de poder, pero le daba su energía al movimiento –violento, sin duda– del cuerpo colectivo (que se quedó con el nombre de "División" porque Carranza, para humillarlo, le negó el de "Cuerpo de Ejército"). A pesar de ello, la División del Norte era un organismo mucho más corporal, si se puede decir, que, por ejemplo, el Cuerpo de Ejército de Occidente al mando de Obregón, para no hablar del de Oriente bajo las órdenes de Pablo González. Era más corporal porque en la División no operaban las jerarquías de los ejércitos occidentales, porque en ella había una constante corriente de voluntad rebelde que parecía surgir de Villa; pero que, en muchos sentidos, proveniente de la tropa, lo rebasaba o lo tomaba sólo como vocero.

Con las primeras derrotas, todo empezó a cambiar. Aún así, con la disolución del ejército villista y el regreso a la guerra de guerrillas, Villa en algunos momentos recuperaba –en menor escala– esa posición privilegiada de ser el vocero de una colectividad anónima, anónima como él que quizás nunca supo cuál era su verdadero nombre. A él y a sus soldados les bastaban los apodos, les bastaban los pronombres; ya era mucho más de lo que habían tenido en el lenguaje y en la boca de la opresión. Su intensidad no pasaba por el nombre "propio", pasaba por la vida propia.

El anonimato se tejía con la colectividad, y Campobello supo escuchar fielmente cómo ese tejido revelaba una voluntad antisimbólica empedernida: estos hombres eran cartuchos no como metáforas o símbolos literarios; eran cartuchos porque tenían una relación interna, material, con la naturaleza, con la intensidad de sus armas y de su momento histórico.

La inversión que realizó Rulfo con los mitos –devolviéndole a Pedro Páramo su calidad intrínseca de piedra– ya estaba prefigurada en este texto de *Cartucho* donde el soldado adopta su apodo –su único nombre "propio"– a través de la materialidad de las balas y de la fusión con la colectividad. Y también en el libro de Campobello se encuentra ya, luminosamente, la conexión directa con los movimientos más internos de la historia y con la multiplicidad de voces narrativas de una intensidad literalmente inaudita. La voz de Nellie Campobello es como el silencio rulfiano: no se oye pero allí está. ¿Qué es eso? ¿Qué es el ruido ése? Es la voz de Nellie Campobello: "Duérmete. Descansa, aunque sea un poquito, que ya va a amanecer". Rulfo escuchó muy bien la voz de Nellie y esa atención aumentó el caudal de obras memorables en nuestra literatura. La voz de Campobello sigue hablando... y todavía tiene mucho que decir con su silencio.

En *Cartucho*, la niña también revelaba otro sentido de los acontecimientos tan evidente, tan inmediato, que a cualquier mirada exterior le resultaba difícil percibirlo. Para 1915 y en los años posteriores, la Revolución se había convertido, de guerra civil, en una guerra regional y, peor aún, en una guerra local y hasta en una guerra familiar. Mexicanos contra mexicanos, chihuahuenses contra chihuahuenses, parralenses contra parralenses, hermanos contra hermanos. Y entre más personal, la guerra se fue volviendo, a su vez, más abstracta.

Esta intensificación de la violencia en un sistema de círculos concéntricos era, en 1931, cuando apareció el libro, otro elemento insoportable para propios y ajenos en un momento en que los discursos políticos y culturales comenzaban, por un lado, a santificar (deformándola) la Revolución y, por otro, a satanizarla (ignorándola) como una catástrofe social inútil. Enmedio o al margen o simplemente fuera de lugar, quedaban los "bandidos". En 1931, Campobello no tenía reparo ninguno en hablar de Pancho Villa como *bandido*: era el gesto del oprimido que recoge, como un arma de combate, los términos con los que el enemigo pretende despreciarlo, acorralarlo, excluirlo. Por ello, más tarde, afirmó que la motivación para escribir el libro había sido "vengar una injuria", la injuria del desprecio con el que se hablaba de los villistas.

Son muchos los casos de la historia en que los poderosos, los ricos, los sabios, los civilizados han marcado a sus enemigos con adjetivos que para aquéllos son infamantes y que éstos asumen con orgullo y con ironía. Ésa es la actitud de Campobello en 1931: al llamar *bandido* a Villa, ella caracterizaba más la deshonestidad moral de los que usaban ese término para denigrarlo que la calidad histórica del que había sido asesinado apenas ocho años antes por órdenes del sumo poder.

La guerra descrita por *Cartucho* era tan interna que había desgarrado las entrañas de la familia misma de Nellie. En "Mi hermano 'El Siete'", el último texto de la edición de 1931, se insinuaba cómo aquel hermano se hizo al menos cómplice de los desertores de la brigada "Tomás Urbina" (Urbina se separó de la División del Norte en julio de 1915). La madre logró salvar al hijo de ser fusilado, pero no exilado. Nueve años después, el hermano regresó: "Vino a México con la misma cara que se llevó, exactamente la misma expresión. No dijo nada acerca de mamá, no la recordó ni preguntó nada. Había estudiado mucho y sólo nos vino a enseñar la cantidad y la calidad de málas costumbres que aprendió allá. Si él hubiera seguido al cuidado de Villa, habría sido también bandido. Pero un bandido mexicano".

Así terminaba la primera edición de *Cartucho*. Además de todos los elementos ya mencionados, era difícil que una frase como la final dejara entonces que los lectores revolucionarios y anti-revolucionarios pudieran ir más allá de su íntimo maniqueísmo y del maniqueísmo más general que dividía a esas dos posiciones. Muchos confundían la Revolución con su aparente vástago que era el gobierno corrupto del Maximato; otros querían superar la Revolución con la invención de un clasicismo mexicano y de una tradición de cultura "civilizada"; otros repudiaban el nacionalismo como si éste sólo hubiera podido tener el rostro que los nuevos mandarines –políticos y culturales– querían darle. Y la lógica de "un bandido mexicano" iba contra todas aquellas simplificaciones de la historia, de la cultura, de la identidad mexicanas. Sólo una lectura sorda a los matices (y más aún a los matices de la voz hablada, implícitos a lo largo de aquellos primeros treinta y tres textos), sólo una interpretación literal que aislara esa frase final de todo el

contexto moral e histórico, podía concluir que esta califica-
ción de "bandido" era una condena de Villa.

Para Nellie era exactamente lo contrario. Apenas tres años
después, en 1934, las tesis de Samuel Ramos sobre lo mexicano, en *El perfil del hombre y la cultura en México*, se elaboraron
en oposición bien definida contra los "pelados" y su supuesto
complejo de inferioridad. Curiosos avatares de las ideas en el
transcurrir mexicano: Samuel Ramos, con recursos de ideas
"modernas", muy contemporáneas, construía interpretacio-
nes de lo mexicano bastante anticuadas y demasiado estériles;
al mismo tiempo, con instrumentos positivistas (que estaban
ya "superados", según la miopía de Vasconcelos, de Antonio
Caso y del mismo Ramos), Fortino Ibarra de Anda redactaba
su "Bosquejo de una Historia de la Revolución",[11] el mejor
proyecto de análisis, hasta entonces, para la comprensión de
la Revolución. Con un listado de motivos históricos y de preguntas que abarcaban toda la época revolucionaria y que se di-
vidían en "temas" (lo económico, lo antropológico, lo psicoló-
gico), Ibarra de Anda proponía un recorrido estructural de
toda esa etapa. Nadie ha igualado su visión totalizadora y muchas de sus preguntas –de enorme pertinencia– siguen sin res-
puesta.

Quizás no sabremos nunca qué pasó entre 1931 y 1940. En este último año, Nellie Campobello publicó la segunda edición
de *Cartucho* en la editorial de Rafael Giménez Siles y Martín
Luis Guzmán.

¿Fue decisiva la cercanía de este último para que Campobello eliminara el prólogo ("Inicial") y esa estampa extrañísima
titulada simplemente "Villa", para que hiciera cambios muy
importantes en todas las versiones de la primera edición y para que agregara veinticinco textos... y una dedicatoria? ¿Fue
decisivo el desarrollo político mexicano en esa década? ¿Hubo acontecimientos personales determinantes de los cambios
que hizo? Lo que fue, fue muy complejo. Para entonces Nellie

se consideraba "una dama *very distinguished*" que "trataba con el marqués de Guadalupe y otros personajes"[12] y que al mismo tiempo quería reivindicar al jefe de una horda y a la horda misma de bandidos. Al mismo tiempo, se reencontró con Guzmán, en 1936, a quien había conocido en 1923. Si Guzmán influyó en ella para que reformulara su estilo, ¿no acaso fue ella quien le dio a Guzmán el acceso a los documentos que servirían para escribir las *Memorias de Pancho Villa*? ¿Y no sería ella decisiva en la elección que hizo Guzmán de la narración en primera persona para esta obra monumental? Existía, es cierto, el antecedente de las memorias de Villa publicadas por Ramón Puente en 1919 y "concluidas" por Rafael F. Muñoz en 1923. En la primera parte, publicada por Puente, existe muy cercana la verosimilitud del texto, se puede oír a momentos una voz que puede ser la de Villa. En la segunda parte, la de Muñoz, se sabe que esa voz es impostada, que Muñoz sólo está prolongando la crónica de una vida contada en primera persona para darle cierta unidad al libro. En las *Memorias de Pancho Villa* de Guzmán encontramos la fusión de ambas perspectivas: constantemente la voz de Villa suena auténtica y falsa, es un discurso permanentemente ambiguo, un tono de dos filos que no dejan de dibujar una finísima cuerda floja del discurso entre lo literariamente artificioso y lo histórico inevitablemente retórico. De la misma manera –pero en un contraste inquietante– se presenta el discurso histórico de Nellie Campobello en *Apuntes sobre la vida militar de Francisco Villa*, publicado también en 1940, y en el que ella utilizó en parte las mismas fuentes que le había hecho accesibles a Guzmán. La relación entre estos *Apuntes* y las *Memorias* de Guzmán tiene mucho más que un punto de contacto estilístico; son dos proyectos de vida y dos perspectivas de mundo que se cruzan en un punto central, profundo, y que luego continúan hacia horizontes casi opuestos.

Por otro lado, es indudable que la publicación de *Las manos de mamá* en 1937 es decisiva. En ella aparecen ya los cambios que se aplicarán luego en la segunda edición de *Cartucho*. Lo más importante es que *Las manos de mamá* no alteraba fundamentalmente el mundo de Campobello y que era al mismo tiempo una prolongación de la primera edición de *Cartucho* y una amplificación de la figura materna.

Es difícil atribuirle un género a las obras, a todas las obras, de Campobello. Ella misma hace inútil toda discusión de esa calidad; sin pretender borrar las fronteras entre lo ficticio y lo histórico. Que Antonio Castro Leal haya incluido estos dos libros (y otros, como *Ulises Criollo* de Vasconcelos) en una antología de "la novela de la Revolución mexicana" sólo es un síntoma de las insuficiencias editoriales, y ninguna revelación de la naturaleza de los textos. No hay nada de ficticio en estas obras, aunque no se trate tampoco de lecciones históricas académicas o escolares.

Muchos acontecimientos de estos cuadros se pueden fechar con exactitud (véase la biobibliografía adjunta); la mayoría de los personajes se encuentran en documentos y crónicas de la época; y los acontecimientos narrados... ¿son verídicos? Nellie Campobello quiere mostrar las pasiones de la memoria personal en el presente de la historia. Una de esas pasiones –quizá la más ambiciosa– es la que busca invertir la secuencia del tiempo y hacer del pasado un futuro. Lo vivido se reconoce como lo único pasado, como lo único digno de haber pasado, como lo único deseable de haber pasado. Se asume el pasado –lo irremediable– como un destino que no se quiere remediar, sino perfeccionar. No es un pasado mítico, es la forma que se da el futuro para reconocer su autenticidad, una autenticidad individual y una pureza colectiva. Ése es el sentido profundo de la nueva dedicatoria de *Cartucho*, que aparece en la segunda edición: "A mamá, que me regaló cuentos verdaderos en un país donde se fabrican leyendas y donde la gente vive adormecida de dolor oyéndolas".

Al final del prólogo de la primera edición se había enfatizado que la fuente de la narración era la misma Campobello: "Mis fusilados, dormidos en la libreta verde. Mis hombres muertos. Mis juguetes de la infancia". Seis años después la imagen esencial del recuerdo se identifica con la madre en

Las manos de mamá, y tres años más tarde, en la segunda edición de *Cartucho*, aquélla se convierte en el ojo de agua del manantial narrativo, en el origen mismo del acto de contar. Además, se acentúa el movimiento interno de los textos: los cuentos verdaderos sufren alteraciones que los llevan a revelar o a enfatizar su aspecto legendario. Campobello reafirma la condición histórica de lo narrado y al mismo tiempo realza su metamorfosis vital, sus efectos y sus afectos. Sólo una lectura superficial y rápida de la dedicatoria (como la de Doris Meyer en su traducción al inglés) podría entender que los "cuentos verdaderos" son distintos de las "leyendas". Nada de eso: con los cuentos verdaderos se fabrican las leyendas, y es tanto el dolor que éstas producen que sus escuchas terminan casi perdiendo los sentidos: "oyéndolas", dice Campobello, en femenino, no en masculino, para señalar claramente la transformación de los "cuentos verdaderos" en leyendas. En esta singular visión de Nellie, las leyendas son precisamente esa calidad futura de la historia, no para repetirla, no para negarla, sino para asumirla como un más allá de lo verdadero. El dolor transforma el cuerpo de los oyentes y la condición de los protagonistas de los cuentos: sin dejar de ser lo que son, se vuelven presencias permanentes, sin principio ni fin.[13] Y esa mala traducción llevó a otra –coherente con la falsa interpretación pero más patentemente contraria aún con el texto de Campobello–: "where people lull their pain..." quiere traducir el "donde la gente vive adormecida de dolor". Pero "lull" equivale a "adormecer", "calmar". ¡Como si Campobello estuviera diciendo que las leyendas fabricadas "duermen" a sus oyentes como si fueran canciones de cuna! El mal dominio del español en este, como en otros muchos casos, le hace a Meyer interpretar absurdamente a Campobello: "adormecidas" está unida semánticamente a "de dolor". Lo que Nellie dijo fue que las leyendas producen tanto dolor que adormecen a la gente en el sentido de casi arrancarles su sensibilidad, no de quitarles el insomnio.

Con sus omisiones, adiciones y cambios, la segunda edición, de 1940, que quedó como la definitiva, se sitúa en ese equilibrio singular de un libro en constante movimiento entre lo legendario de la historia y lo histórico de la leyenda; entre la narración de una madre omnipresente en el recuerdo de la hija y la experiencia intransferible de una niña con sus fusilados, sus hombres muertos, sus juguetes de la infancia; entre el dolor constante de la crónica y el umbral indefinible de la insensibilidad. Así pues, la edición definitiva de *Cartucho* es un compromiso. Sin destruir su fuerza, se coloca a las primeras versiones en un entorno más abierto y en una dirección moral menos radical.

En la primera edición de *Cartucho*, la tercera y última parte ("En el fuego") tenía sólo cinco textos y, en cuatro de ellos, los protagonistas eran hermanos de Nellie. El texto final se titulaba, escuetamente, "Mi hermano '*El Siete*'".

En la segunda edición se agregan, sólo a esta sección, dieciséis textos, y el último de la otra edición queda ahora en cuarto lugar y con distinto título: "Mi hermano y su baraja". Con este cambio, Campobello apunta directamente a una fundamental modificación que hizo de la versión original. El nuevo párrafo final de ese texto se lee así: "Vino a México con la misma cara que se llevó, exactamente la misma expresión. No dijo nada acerca de Mamá. Se puso a mover una baraja que traía en la mano. El siete de espadas, el siete de oros, su obsesión. Ahora, ¿dónde está?"

La intensidad y la velocidad de la narración que antes borraban las fronteras entre lo personal y lo histórico, que fundían la perspectiva moral de los vencedores (que despreciaban a los derrotados como "bandidos") y la visión descarnada e inmediata de los oprimidos, que hacían estallar cualquier diferencia entre habla y escritura, con frases de una puntuación más pasional que racional, esa intensidad y esa velocidad han disminuido notablemente en 1940. Ahora se acentúa la claridad descriptiva donde se puede distinguir hasta la identidad de las cartas de la baraja. En esta segunda edición, se eliminan muchas elipsis abismales, se introduce una secuencia temporal con puntos de referencia explícitos ("Ahora, ¿dónde está?"), se niega la virtualidad de los sentimientos ("no la recordó"), se reconstruye la puntuación como una forma de "orden" y se borran datos históricos aparentemente irrelevantes nueve años después. Por ejemplo, ¿qué le hizo pensar a Campobello, en 1940, que era innecesario identificar a Epifanio (en el texto del mismo nombre) como "colorado", es decir, orozquista? Lo transformó en "traidor" y toda la motivación precisa para fusilarlo –su filiación con los colorados anarquistas que eran los peores enemigos de Villa– desaparece. ¿Intervino aquí, de pronto, la consideración de que el padre de Martín Luis Guzmán había muerto en combate contra los orozquistas?

El texto con el que mejor se pueden confrontar las diferencias entre las dos ediciones es "Los hombres de Urbina". La primera versión terminaba con el fusilamiento de Santos Ortiz y con la revelación póstuma de su última voluntad: "Ordenó que se mandaran a mi casa las tres novelas y que dijeran que *Los tres mosqueteros* era la que más le había gustado". En la segunda, además de modificarse notablemente el estilo de la cláusula anterior, se agrega una reflexión sobre el dolor de la madre al narrar sus recuerdos y, en una súbita transición, se pasa a contar los recuerdos de Nellie del día en que su madre la llevó a conocer el lugar donde mataron a José Beltrán. Los párrafos agregados enfatizan el paso del tiempo y la justicia de la narración como modo de sobrevivencia de la madre. En ellos se expresa la frase en la que se puede cifrar el nuevo sentido de las narraciones para Nellie: "Narrar el fin de todas sus gentes era todo lo que le quedaba [a Mamá]".

Sin duda, en la segunda edición, la voz de Mamá es más determinante. Incluso el nuevo final del libro es ocupado por la presencia materna: "Se alegraría otra vez nuestra calle, Mamá me agarraría de la mano hasta llegar al templo, donde la Virgen la recibía".

Así, el texto definitivo teje en una sola trama la vida trágica de los soldados revolucionarios y el sentido de sobrevivencia de Mamá y de todas las mujeres del Norte. Uno de los textos agregados habla precisamente de cómo estas mujeres se oponen a una historia (que insiste en dejarlas al margen) concibiendo las idas y venidas de los soldados como si fuera un ritmo de la naturaleza que ellas dominan o que ellas encarnan: "'Pero ellos volverán en abril o en mayo', dicen todavía las voces de aquellas buenas e ingenuas mujeres del Norte".

Consecuentemente, para 1940, ya no le parece necesario a Campobello defender a Villa desde una posición externa a los maniqueísmos morales de la política y la cultura mexicanas. El cambio se debe quizá a la aparición en esos nueve años de, entre otras obras, las *Memorias de Pancho Villa* de Martín Luis Guzmán, de *¡Vámonos con Pancho Villa!* de Rafael F. Muñoz, de los retratos de Villa escritos por Ramón Puente en *La dictadura, la revolución y sus hombres,* en *Villa en pie* y en el primer tomo de *Historia de la Revolución mexicana* (coordinada por José T. Meléndez). Se debe probablemente a la reevaluación que intentó hacer el gobierno cardenista de la figura de Villa apoyando totalmente la filmación de la novela de Muñoz, *¡Vámonos con Pancho Villa!* (con una adaptación del propio autor y de Xavier Villaurrutia, dirigida por Fernando de Fuentes, realizada en 1935 y estrenada a fines de 1936): esta reevaluación era parte, sin duda, del ataque cardenista contra Calles. Y se debe también a que Campobello ha cambiado su apreciación de Villa. Éste ha dejado de ser el personaje íntimo, el individuo impenetrable, para convertirse exclusivamente en un militar: "La verdad de sus batallas es la verdad de su vida". Entonces, ese mismo año y en la editorial de Martín Luis Guzmán y de Rafael Giménez Siles, EDIAPSA, la misma donde apareció la segunda edición de *Cartucho,* Campobello publicó *Apuntes sobre la vida militar de Francisco Villa* (dedicada "al mejor escritor revolucionario y de la Revolución, Martín Luis Guzmán").

En su gran mayoría, los cambios apuntan hacia el mismo horizonte de hacer relevante la figura de Mamá (presente en los acontecimientos, ausente durante la escritura del libro) y de atribuirle a su dolor el origen de la narración. Sin embargo, la polifonía de voces de la primera edición no se redujo en la versión definitiva. Uno de los textos agregados, "Tomás Urbina", multiplica de hecho las voces y las perspectivas. Con esta pluralidad, Campobello logra colocarnos en un punto inédito de la narrativa y de la reflexión: el titubeo del discurso ante la historia, la inquietud ante la verdad de los hechos... No conozco ningún texto historiográfico, ni autobiográfico, ni de ficción, que ponga en movimiento con esta pureza la zozobra ante la imposibilidad de saber lo que pasó, no sólo lo que pasó entre Pancho Villa y Tomás Urbina, sino simplemente lo que pasó. Como si la narración estuviera motivada exclusivamente por la obsesión de estipular que algo pasó y nada más.

En este sentido, aunque hace concesiones a la lengua "culta", aunque debilita imágenes violentísimas como la de Nacha Cisneros frente al pelotón de fusilamiento, aunque reduce la velocidad de muchas transiciones, Campobello no renunció a su posición fundamental ante el mundo de su infancia. Todavía más: nuevos textos como "Tomás Urbina" y "Las cinco de la tarde" aparecen como desafíos mucho más claros ante la permanencia de la historia y del discurso historiográfico. El segundo es tan conciso –tiene setenta palabras– que se convierte en un emblema no sólo de su velocidad narrativa, no sólo de la velocidad con la que sigue las pasiones de sus personajes, sino sobre todo de esa sabiduría con la que estos mismos personajes evitan el tiempo y se colocan en la eternidad de un instante: "A los muchachos Portillo los llevó al panteón Luis Herrera, una tarde tranquila, borrada en la historia de la revolución; eran las cinco."

Al escribir este texto de unos puñados de palabras, ¿Nellie Campobello estaría pensando en su propia eternidad que una vez, en La Habana, se había cruzado –¡tres minutos apenas!– con las cinco de la tarde de Federico García Lorca? ¿Pensaría también en estar dando su versión de aquellas cinco de la tarde que García Lorca había eternizado a través de la muerte de

Sánchez Mejías? Ella sabía muy bien que a Lorca lo habían matado igual que a los hermanos Portillo en su texto: "así como son las cosas desagradables que no deben saberse". El poema español y el texto mexicano, unidos tal vez por un encuentro fortuito, lograron su fin común, cada uno a su manera: hundirse en el instante que apenas tuvo tiempo de pasar, pero que no necesitó de más para justificar toda una vida.

En todos sus textos, Campobello captura esos momentos que la historiografía no sabe cómo incorporar a su visión ni a su discurso. José Lezama Lima, en su luminosa *Expresión americana* dice que esos momentos imponen una nueva causalidad y crean las imágenes únicas que nos permiten pensar la originalidad americana.

Las leyendas de *Cartucho* y de *Las manos de mamá* pertenecen a ese linaje de empresas en las que el gran poeta cubano incluye desde el *Popol Vuh* hasta *Muerte sin fin* de José Gorostiza, pasando por sor Juana, fray Servando, Simón Rodríguez, José Martí.

Todos ellos son creadores de un nuevo lenguaje; todos ellos postularon problemas y les dieron una expresión acabada que no necesitaba ser una solución. Los últimos problemas, como la muerte, como la condición trágica de la vida, como la pasión del tiempo por ser una forma de nuestro destino, no buscan soluciones; buscan formulaciones tan puras como su naturaleza inevitable.

La sensibilidad singular de Nellie Campobello encontró la línea finísima para traducir esos problemas en una forma narrativa que llevó los hallazgos de Mariano Azuela en *Los de abajo* a una estructura más compleja: la voz del narrador se confunde con la visión de los personajes y con la perspectiva de la narración. Los registros de la oralidad forman un contrapunto donde aparece la intensidad de los hechos. Los cambios veloces de la voz narrativa a la expresión de los personajes; las transformaciones casi instantáneas que cubren innumerables niveles de la realidad y de la emotividad crearon un lenguaje narrativo de una virtualidad abundante y vital. En *Cartucho*, para volver al principio, se vislumbran otros postulados y otros problemas; en sus líneas vemos ya los rasgos de Rulfo y de García Márquez.

No pretendo, de ninguna manera, proponer una imagen evolutiva del lenguaje literario. *Cartucho* tiene su propia identidad, ni mayor ni menor que la de *Pedro Páramo* o la de *Cien años de soledad.*

Cada obra singular, cada obra única, no sólo es el recorrido de un sendero irrepetible, también es el descubrimiento de comarcas inexploradas. *Cartucho* fue y sigue siendo una nueva dirección para la vida del lenguaje y para los destinos de la narración.[14]

Notas

[1] Alberto Calzadíaz Barrera, *Hechos reales de la Revolución. El general Martín López, hijo militar de Pancho Villa. Anatomía de un guerrillero,* tomo V, Editorial Patria, México, 1975, p. 124.

[2] Friedrich Katz, *Pancho Villa,* tomo 2, Era, México, 1998, p. 214.

[3] Nellie Campobello, "Perfiles de Villa", *Revista de Revistas, el semanario nacional,* año XXII, n. 1 160, 7 de agosto de 1932, pp. 14-15.

[4] José Emilio Pacheco, "Notas sobre la otra vanguardia", *Revista Iberoamericana,* n. 106-107, enero-junio de 1979, pp. 327-34.

[5] Nellie Campobello, "Prólogo", *Mis libros,* Compañía General de Ediciones, México, 1960, p. 14.

[6] Blanca Rodríguez, *Nellie Campobello: eros y violencia,* UNAM, México, 1998.

[7] Véase la p. 939 de Antonio Castro Leal (comp.), *La novela de la Revolución mexicana,* Aguilar, México, 1960 (9a. ed., 1970), y la p. 30 de Nellie Campobello, *Cartucho and My Mother's Hands,* trad. de Doris Meyer, University of Texas Press, Austin, 1988. (En los créditos sobre los derechos de autor se le atribuye a *Cartucho* la fecha de 1931, pero no fue traducida la edición de 1931 sino la arriba señalada.)

[8] Irene Matthews, *Nellie Campobello. La centaura del Norte,* Cal y Arena, México, 1997.

[9] Celia Herrera, *Francisco Villa ante la historia (a propósito del monumento que pretenden levantarle)* [1a. parte], s.p.i., México, 1939.

[10] Yo subrayo.

[11] Imprenta Mundial, México, 1934.

[12] Citado en Irene Matthews, op. cit., p. 54.

[13] La traducción de Meyer dice: "To Mama, who gave me the gift of true stories in a country where legends are invented and where people lull their pain listening to them". La falsa interpretación que hace la traductora al creer que los "cuentos verdaderos" son distintos de las leyendas, le hace traducir "fabrican" con "are invented". Campobello quiere decir todo lo contrario: con los cuentos verdaderos *se hacen* las leyendas... La verdadera historia de Villa es el mejor fundamento para su leyenda.

[14] La primera edición de *Cartucho* comprendía una presentación de las Ediciones Integrales, que se iniciaban con este libro, un prólogo de Nellie Campobello y los siguientes textos, divididos en tres partes:

I. HOMBRES DEL NORTE
Cartucho
Elías
El Kirilí
Bustillos
Bartolo
Agustín Gracia
Villa

II. FUSILADOS
4 soldados sin 30-30
El fusilado sin balas
Epifanio
Zafiro y Zequiel
José Antonio y Othón
Nacha Cisneros
Los 30-30
Por un beso
El corazón del coronel Bufanda
La sentencia de Babis
El muerto
Mugre
Las tarjetas de Martín López
El centinela del Mesón del Aguila
El general Rueda
Las tripas del general Sobarzo
El ahorcado
Desde una ventana
Los hombres de Urbina
La tristeza de "El Peet"
La muerte de Felipe Angeles

III. EN EL FUEGO
El sueño de "El Siete"
Las cartucheras de "El Siete"
Los heridos de Pancho Villa
Los 3 meses de Gloriecita
Mi hermano "El Siete"

Incluimos aquí el único texto que fue eliminado en la segunda edición del libro:

Villa

Villa aquella mañana estaba de fierro malo. Siempre que llegaba de Canutillo, pasaba en casa de los Franco, una familia –de pelo rojo– que hay en Parral. Mamá iba con mi hermano el mudo y yo, el general no sabía que ella estaba en Parral. "Trillito" Miguel estaba con otros en la puerta del zaguán cariacontecido, mejor dicho, algo tristón; puso cara alegre al ver a mamá y le apretó con sus dos manos el brazo. "Aquí por esa puerta", le dijo, señalándole la primera puertecita a la izquierda, entramos: junto a la ventana, en un colchón tirado en el suelo, estaba el general, se sentó mamá en una silla bajita (de manufactura nacional), él estaba sentado con las piernas tirantes, tenía la gorra puesta. –Cuando Villa estaba enfrente sólo se le podían ver los ojos, sus ojos tenían imán, se quedaba todo el mundo con los ojos de él clavados en el estómago–. "Aquí estoy tirado, me saqué el huesito sabroso", y se tocó el pie con la mano izquierda –no me acuerdo cuál de ellos–, "por eso no puedo salir a caballo."

A las tres de la mañana ya andaba con sus hombres dando la vuelta a caballo.

Algo dijo mamá. Algo le contestó. Luego le dio un pliego escrito en máquina. Villa se tardó mucho, mucho rato. Tenía unos ricitos muy ricitos en toda la cabeza, levantó los ojos hasta mamá; todo él era dos ojos amarillentos medio castaños, le cambiaban de color en todas las horas del día. "–El general Murguía me espera en la Estación. Me voy con él a Chihuahua, vuelvo en dos semanas, hay tiempo de sobra. Horita me voy a vestir y salgo corriendo para la Estación." "Mi General, dijo un hombre de bigote, asomando la cabeza, ahi está la muchacha del chiquito."

"–Que se vaya, no quiero ayudar a piedras sueltas. Hoy soy el padre de todas las viudas de mis hombres", dijo con los ojos hechos vidrio quebrado.

Aquella mañana mamá pudo dejar caer sobre Villa unas palabras de ánimo.

Fuentes

Almada, Francisco, *Diccionario de historia, geografía y biografía chihuahuenses*, 2a. ed., Universidad Autónoma de Chihuahua, Chihuahua, 1968.

Calzadíaz Barrera, Alberto, *Hechos reales de la Revolución. El general Martín López, hijo militar de Pancho Villa. Anatomía de un guerrillero*, tomo V, Editorial Patria, México, 1975.

Calle, Sophie de la, "'De libélula a mariposa': nación, identidad y cultura en la posrevolución (1920-1940). Un estudio de la danza y narrativa de Nellie Campobello", tesis de doctorado, University of Maryland, 1998.

Campobello, Nellie, *Cartucho*, Ediciones Integrales, México, 1931.

——, *Apuntes sobre la vida militar de Francisco Villa*, EDIAPSA, México, 1940.

Carballo, Emmanuel, *Protagonistas de la literatura mexicana*, Secretaría de Educación Pública, México, 1986 (Col. Lecturas Mexicanas, 2a. serie, n. 48).

Chávez, Armando B., *Diccionario de hombres de la Revolución mexicana*, Universidad Autónoma de Ciudad Juárez-Meridiano 107 Editores, Ciudad Juárez, 1990.

Herrera, Celia, *Francisco Villa ante la historia (a propósito del monumento que pretenden levantarle)* [1a. parte], s.p.i., México, 1939.

Katz, Friedrich, *Pancho Villa* (dos tomos), Era, México, 1999.

Magaña Esquivel, Antonio, *La novela de la Revolución*, tomo II, Biblioteca del Instituto Nacional de Estudios Históricos de la Revolución Mexicana, México, 1965.

Matthews, Irene, *Nellie Campobello. La centaura del Norte*, Cal y Arena, México, 1997 (Col. Los Libros de la Condesa).

Peguero, Raquel, "Un lustro ha que la pregunta continúa vigente, ¿dónde está Nellie Campobello?", *La Jornada*, México, 21 de junio de 1991, p. 35:3.

Ponce, Armando, "Congreso de historia y literatura en Ciudad Juárez", *Proceso*, n. 760, México, 27 de abril de 1991.

Rodríguez, Blanca, *Nellie Campobello: eros y violencia*, Universidad Nacional Autónoma de México, México, 1998.

*A Mamá, que me regaló cuentos
verdaderos en un país donde se
fabrican leyendas y donde la gente
vive adormecida de dolor oyéndolas.*

I
Hombres del Norte

Él

Cartucho no dijo su nombre. No sabía coser ni pegar botones. Un día llevaron sus camisas para la casa. Cartucho fue a dar las gracias. "El dinero hace a veces que las gentes no sepan reír", dije yo jugando debajo de una mesa. Cartucho se quitó un gran sombrero que traía y con los ojos medio cerrados dijo: "Adiós". Cayó simpático, ¡era un cartucho!

Un día cantó algo de amor. Su voz sonaba muy bonito. Le corrieron lágrimas por los cachetes. Dijo que él era un cartucho por causa de una mujer. Jugaba con Gloriecita y la paseaba a caballo. Por toda la calle.

Llegaron unos días en que se dijo que iban a llegar los carrancistas. Los villistas salían a comprar cigarros y llevaban el 30-30 abrazado. Cartucho llegaba. Se sentaba en la ventana y clavaba sus ojos en la rendija de una laja lila. A Gloriecita le limpiaba los mocos y con sus pañuelos le improvisaba zapetitas. Una tarde la agarró en brazos. Se fue calle arriba. De pronto se oyeron balazos. Cartucho con Gloriecita en brazos hacía fuego al Cerro de la Cruz desde la esquina de don Manuel. Había hecho varias descargas, cuando se la quitaron. Después de esto el fuego se fue haciendo intenso. Cerraron las casas. Nadie supo de Cartucho. Se había quedado disparando su rifle en la esquina.

Unos días más. Él no vino; Mamá preguntó. Entonces José Ruiz, de allá de Balleza, le dijo:

—Cartucho ya encontró lo que quería.

José Ruiz dijo:

—No hay más que una canción y ésa era la que cantaba Cartucho.

José era filósofo. Tenía crenchas doradas untadas de sebo y

lacias de frío. Los ojos exactos de un perro amarillo. Hablaba sintéticamente. Pensaba con la Biblia en la punta del rifle.

—El amor lo hizo un cartucho. ¿Nosotros?... Cartuchos.

Dijo en oración filosófica, fajándose una cartuchera.

Elías

Alto, color de canela, pelo castaño, ojos verdes, dos colmillos de oro –se los habían tirado en un combate cuando se estaba riendo–. Gritaba mucho cuando andaba a caballo; siempre se emborrachaba con sotol. ¡Viva Elías Acosta!, gritaban las gentes cuando él pasaba por las calles de la Segunda del Rayo. Elías era el tipo del hombre bello, usaba mitazas de piel de tigre, una pistola nueva y la cuera de los generales y coroneles. Cuando quería divertirse se ponía a hacer blanco en los sombreros de los hombres que pasaban por la calle. Nunca mató a nadie: era jugando y no se disgustaban con él.

Elías Acosta era famoso por villista, por valiente y por bueno. Nació en el pueblo de Guerrero, del estado de Chihuahua; sabía llorar al recuerdo de su mamá, se reía cuando peleaba y le decían Loba. Era bastante elegante, yo creo que miles de muchachas se enamoraban de él. Un día, muy borracho, pasando por la casa a caballo, se apeó. Se sentó en el borde de una ventana. Pintó muchos monos para regalárnoslos. Luego escribió el nombre de todos y dijo que iba a ser nuestro amigo. Nos regaló a cada uno una bala de su pistola. Tenía el color de la cara muy bonito: parecía un durazno maduro. Su asistente le ayudó a subir a caballo. Se fue cantando. Ese día él había hecho un blanco.

El Kirilí

Kirilí portaba chamarra roja y mitazas de cuero amarillo. Cantaba ostentosamente, porque se decía: "*Kirilí*, ¡qué buena voz tienes!" Usaba un anillo ancho en el dedo chiquito; se lo había quitado a un muerto allá en Durango. Enamoraba a Chagua: una señorita que tenía los pies chiquitos. *Kirilí*, siempre que había un combate, daba muchas pasadas por la Segunda del Rayo, para que lo vieran tirar balazos. Caminaba con las piernas abiertas y una sonrisa fácil hecha ojal en su cara.

Siempre que se ponía a contar de los combates, decía que él había matado puros generales, coroneles y mayores. Nunca mataba un soldado. A veces Gándara y *El Peet* le decían que no fuera tan embustero. Doña Magdalena, su mamá, lo quería mucho y lo admiraba.

Se fueron a Nieves. *Kirilí* se estaba bañando en un río: alguien le dijo que venía el enemigo, pero él no lo creyó y no se salió del agua. Llegaron y lo mataron allí mismo, dentro del río.

Chagua se vistió de luto, y poco tiempo después se hizo mujer de la calle.

Doña Magdalena, que ya no tiene dientes y se pone anteojos para leer, lo llora todos los días allá en un rincón de su casa, en Chihuahua. Pero *El Kirilí* se quedó dentro del agua enfriando su cuerpo y apretando, entre los tejidos de su carne porosa, unas balas que lo quemaron.

El coronel Bustillos

Bustillos había nacido en San Pablo de Balleza. Siempre que venía a Parral, traía con él dos o tres amigos y llegaban a la casa a ver a Mamá. Platicaban de la revolución. Al coronel Bustillos le encantaba ver cómo Mamá se ponía enojada cuando decían la menor cosa acerca de Villa. El coronel Bustillos no odiaba al Jefe –como él le decía–, pero nunca le gustaba oír que lo elogiaran; él creía que Villa era como cualquiera, y que el día que le tocara morir, moriría igual que los otros. Bustillos tenía unos bigotes güeros, tan largos que le sobresalían de la cara; siempre traía la punta derecha agarrada con los dedos; andaba lentamente; era blanco, con los ojos azules; su cara parecía la de un conejo escondido. Nunca se reía; sabía hablar mayo. No se vestía de militar; portaba sombrero tejano blanco y vestido azul marino, un cinto apretado de balas y su pistola puesta del lado izquierdo. Se estaba tres o cuatro días y casi todas las horas se las pasaba en la casa. Le encantaban los palomos. Había uno color de pizarra que aporreaba a todos, era tan bravo que se había hecho el terror de los demás; el coronel Bustillos se reía mucho al verlo. Un día le dijo a Mamá: "Este palomo es un Pancho Villa". Mamá no dijo nada, pero cuando se fue Bustillos, todos los días le hacía cariños a su Pancho Villa.

El palomo, después de su fama de Pancho Villa, apareció muerto, le volaron la cabeza de un balazo. Mamá se puso muy enojada; nosotros lo asamos en el corral, en una lumbre de boñigas; el coronel Bustillos nos ayudó a pelarlo. Yo creo que él mismo fue el que le tiró el balazo.

Mamá contó que cierta vez en Parral, en la casa de los Franco, estando ya pacífico, el General le preguntó: ¿Quién mataría a su Pancho Villa?

Bartolo de Santiago

Bartolo era de Santiago Papasquiaro, Durango. Tenía la boca apretada, los ojos sin brillo y las manos anchas. Mató al hombre con quien se fue su hermana y andaba huyendo, por eso se metió de soldado. Bartolo cantaba el "Desterrado me fui". Decía que si su hermana se había huido era porque era piedra suelta. "Le maté al primero para que se busque otro. Rodará, siendo lo que más quise en mi vida."

Se hizo novio de Anita. Ella lo aceptó por miedo, "él era el desterrado por el gobierno", él lo cantaba con los labios apretados, y cuando le empezaban a salir las lágrimas, se echaba el sombrero para adelante. No quería encontrarse con su hermana, porque era lo que más quería en su vida. Se sentaba en un pretil frente a la casa de Anita, con las piernas colgando en el vacío; yo lo admiraba porque estaba tan alto, hasta se mecía, me parecía que se iba a caer.

Un día llegó una reina a casa de Anita; parecía pavo real, la cara muy bonita y los dedos llenos de piedras brillantes. La hermana de Bartolo de Santiago, dijeron las voces.

–Soy Marina de Santiago, la hermana de Bartolo –dijo buscando a Anita–. Deseo ver a Anita, para que ella me diga los lugares donde él estuvo, lo que él quiso, lo que él hacía.

Anita le dio cartas, retratos y le enseñó la piedra grande del zaguán, donde ella platicaba con él. Habló mucho, luego me llamó:

–Cuéntale a la señorita que tú conocías a Bartolo –me dijo jalándome de una mano.

–¿Te quería mucho?

Dijo la mujer de faldas de olor a flor. Yo moví la cabeza, no me acuerdo si le dije que sí o no. La agarré de la mano y la llevé al pretil de la tapia de los Hinojos y le enseñé el lugar donde él se ponía a mecer sus piernas:

–Allí cantaba, yo desde esta piedra lo veía.

Anita le contó a Mamá:

–Ya mataron a Bartolo allá en Chihuahua; estaba tocando la puerta de su casa. Nadie sabe quién, pero lo cosieron a balazos.

La hermana lo quería mucho, era muy bonita, tenía muchos enamorados. Bartolo dijo que iba a matarle a todos los hombres que anduvieran con ella.

Agustín García

Agustín García era alto, pálido, de bigotes chiquitos, la cara fina y la mirada dulce; traía cuera y mitasas de piel. Era lento, no parecía general villista. Cuando Mamá lo vio por primera vez, dijo: "Este hombre es peligroso". No se sabía reír, hablaba poco, veía mucho; era amigo de Elías Acosta; tomaban café juntos. Elías reía y platicaba, pero Agustín García no decía nada, por eso no eran iguales.

Un día Mamá le preguntó cómo había salido la emboscada de Villa a Murguía. Dijo que casi no habían gastado parque. "Los changos eran muchos y los echamos vivos en los tajos." Mamá no le contestó nada. Entre aquellos hombres había muerto un muchacho de allí, de la calle de la Segunda del Rayo.

El general se despidió igual que otras veces.

En la noche se escuchó una serenata y una voz que parecía conocida cantó: "Bonitas fuentes son las corrientes, las que dependen del corazón". Luego cantó: "Te amo en secreto. Si lo supieras". A Mamá la asustó algo, ya no estuvo tranquila. A las dos noches llegó muy apurada. Irene tenía como catorce años, era sobrina de Mamá. Se oyó un tropel. Mamá ansiosa le ordenó que se metiera por una chimenea y procurara llegar hasta la azotea y se fuera hasta la casa de doña Rosita –una señora amiga de Mamá, que tiene cabellos rojos–. Ya estaban rodeando la casa. Mamá se puso a cantar alto. Entró un hombre arrastrando las espuelas y otro y otro más: "Tenemos una orden". Se metieron por todos lados. Mamá dijo: "Están en su casa". Fueron y vinieron. Mamá estaba tranquila, torciendo un cigarro. Entró García, alto alto y arrastrando los pies. Traía una cuarta en la mano; todo su aspecto era de flojera; se pegaba con la cuarta en la pierna derecha y veía a Mamá con atención.

–Aquí están sus hombres –dijo Mamá.

–No son míos, yo acabo de pasar y me sorprendí de ver una caballada aquí, por eso he llegado.

Se sentó, cruzó la pierna y se puso a hacer un cigarro. Los hombres le vieron, no dijeron nada y fueron saliendo poco a poco, sin volver la cara.

–¿No era nada serio? –dijo él riéndose.

–No, realmente –contestó Mamá tranquila–, caprichos de los soldados.

El general Agustín García había ido a robarse a Irene y se contentó con la guitarra. Se puso a cantar: "Prieta orgullosa, no te vuelvo a ver la cara". Y meciendo sus piernas se acabó un cigarro y una taza de café...

Las cintareadas de Antonio Silva

Antonio se llamaba, era jefe de la brigada Villa, fue uno de los generales que menos hicieron travesuras; valiente y atravesado, pero jamás dio que decir en Parral, ni en la Segunda. Había nacido en San Antonio del Tule, allá por Balleza. Era alto y prieto; tenía una pierna más corta y usaba un tacón para emparejarse el paso. Le contaron a Mamá que después de la retirada de Celaya, discutiendo en una estación acerca de un caballo, se enojó con otros generales, sacaron sus pistolas y se tiraron a la vida. Murieron varios: Pedro Gutiérrez, como de veinte años, murió junto al general Silva. Debajo del mismo general Silva cayó el general Rodríguez, a quien no le tocó. Así fue como se quedó dormido Antonio Silva, hombre que levantó mucha polvareda entre las gentes del Parral.

"Toda la bulla de Antonio Silva consistió en pegarles cintarazos a los malcriados. Una vez que se acuarteló, allí en la empacadora de Parral, casi todos los días había una cintareada. Los voladores, unos hombres que al caminar lo hacían moviendo los codos –así como si fueran alas–, una mañana le dijeron al general que Alfredo, el volador grande, estaba esperando una cintareada. Silva, que nada en su vida lo hacía gozar tanto como estamparles la espada, pidió que le llevaran al volador, que por ser escandaloso y mitotero iba a hacer un trabajo bien hecho."

Cuentan que le llevaron al prisionero, pálido y haciendo cara de muy bueno. El general pidió pegarle bien. Le bajaron los pantalones y lo recargaron junto a un poste. El general se arqueó y le fue pegando. "¡Ay! Diosito", decía el volador. "Y muy grande, hijo mío." Así rezaba el volador, y así le contestaba el prieto general. Cuentan que la espada de repente se dobló; Silva entonces dijo al volador: "Ya se me marchitó el cíntaro, anda vete y súbete el pantalón y no vuelvas a andar haciendo esas travesuras porque un día, para que se les quite lo alburucero, les quebro un cíntaro en las nalgas". Silva se paseaba, se paraba, se volvía, movía la cabeza, las manos, habla y habla con sus muchachos, aconsejándoles, pues a él le gustaba el orden; luego le decía, en voz alta, a su asistente: "Limpia el cíntaro y tenlo listo, mis hijos necesitan la cueriadita a nalga pelona y dada por mi santa mano". Seguía yendo y viniendo, esperando a que le vinieran a contar más travesuras de sus hijos.

En la Segunda del Rayo lo querían mucho y cada vez que andaba de ronda le preparaban café. Una vez, un centinela no le pegó el "quién vive", él le dijo: "Oiga, amigo, cuando me mire venir péegueme el quién vive, y si no le contesto écheme una zurra de plomo. ¿No mira que yo sólo soy un general y usted es el centinela?"

Cuando se supo la muerte de Antonio Silva, Mamá lloró por él, dijo que se había acabado un hombre.

II
Fusilados

Cuatro soldados sin 30-30

Y pasaba todos los días, flaco, mal vestido, era un soldado. Se hizo mi amigo porque un día nuestras sonrisas fueron iguales. Le enseñé mis muñecas, él sonreía, había hambre en su risa, yo pensé que si le regalaba unas gorditas de harina haría muy bien. Al otro día, cuando él pasaba al cerro, le ofrecí las gordas; su cuerpo flaco sonrió y sus labios pálidos se elasticaron con un "yo me llamo Rafael, soy trompeta del cerro de La Iguana". Apretó la servilleta contra su estómago helado y se fue; parecía por detrás un espantapájaros; me dio risa y pensé que llevaba los pantalones de un muerto.

Hubo un combate de tres días en Parral; se combatía mucho. "Traen un muerto –dijeron–, el único que hubo en el cerro de La Iguana." En una camilla de ramas de álamo pasó frente a mi casa; lo llevaban cuatro soldados. Me quedé sin voz, con los ojos abiertos abiertos, sufrí tanto, se lo llevaban, tenía unos balazos, vi su pantalón, hoy sí era el de un muerto.

El fusilado sin balas

Catarino Acosta se vestía de negro y el tejano echado para atrás; todas las tardes pasaba por la casa, saludaba a Mamá ladeándose el sombrero con la mano izquierda y siempre hacía una sonrisita que, debajo de su bigote negro, parecía tímida. Había sido coronel de Tomás Urbina allá en Las Nieves. Hoy estaba retirado y tenía siete hijos, su esposa era Josefita Rubio de Villa Ocampo.

Gudelio Uribe, enemigo personal de Catarino, lo hizo su prisionero, lo montó en una mula y lo paseó en las calles del Parral. Traía las orejas cortadas y, prendidas de un pedacito, le colgaban; Gudelio era especialista en cortar orejas a las gentes. Por muchas heridas en las costillas le chorreaba sangre. En medio de cuatro militares, a caballo, lo llevaban. Cuando querían que corriera la mula, nada más le picaban a Catarino las costillas con el marrazo. Él no decía nada, su cara borrada de gestos, era lejana; Mamá lo bendijo y lloró de pena al verlo pasar.

Después de martirizarlo mucho, lo llevaron con el güero Uribe. "Aquí lo tiene, mi General –dijeron los militares–, ya nada más tiene media vida." Dicen que el güero le recordó ciertas cosas de Durango, tratándolo muy duro. Entonces dijo Uribe que no quería gastar ni una bala para hacerlo morir. Le quitaron los zapatos y lo metieron por en medio de la vía, con orden de que corrieran los soldados junto con él y que lo dejaran hasta que cayera muerto. Nadie podía acercarse a él ni usar una bala en su favor; había orden de fusilar al que quisiera hacer esta muestra de simpatía.

Catarino Acosta duró tirado ocho días. Ya estaba comido por los cuervos cuando pudieron levantar sus restos. Cuando Villa llegó, Uribe y demás generales habían salido huyendo de Parral.

Fue un fusilado sin balas.

Epifanio

El pelotón sabía que era un reo peligroso. Espiaba todos sus movimientos; vestía un traje verde y sombrero charro. En frente de él había un grupo como de veinte o treinta individuos, tipos raros, unos mucho muy jóvenes y otros de barba blanca. Era un hombre delgado, moreno, muy inquieto.

Un fusilamiento raro.

Maclovio Herrera, con su Estado Mayor, después de discutir mucho, dijo al pueblo que Epifanio tenía que morir porque era un traidor, porque engañaba a las gentes quitándoles a sus hijos, a sus padres, en contra de Villa o de Carranza; gritó mucho en contra del reo, que ya en el paredón del camposanto, frente al pelotón, se levantó el sombrero, se puso recto, dijo que él moría por una causa que no era la revolución, que él era el amigo del obrero. Algo dijo en palabras raras que nadie recuerda. De la primera descarga sólo recibió un tiro en una costilla, se abrazó fuerte y, recostándose sobre la pared, decía: "Acábenme de matar, desgraciados". Otra descarga y cayó apretándose el sombrero tan recio que fue imposible quitárselo para darle el tiro de gracia; se lo dieron por encima del sombrero, deshaciéndole un ojo.

Las gentes se retiraron para sus casas; los compañeros de Epifanio llevaban en la mano todos los objetos que el fusilado les había regalado.

Dijo que él era amigo del obrero.

Zafiro y Zequiel

Dos mayos amigos míos, indios de San Pablo de Balleza. No hablaban español y se hacían entender a señas. Eran blancos, con ojos azules, el pelo largo, grandes zapatones que daban la impresión de pesarles diez kilos. Todos los días pasaban frente a la casa, y yo los asustaba echándoles chorros de agua con una jeringa de ésas con que se cura a los caballos. Me daba risa ver cómo se les hacía el pelo cuando corrían. Los zapatos me parecían dos casas arrastradas torpemente.

Una mañana fría fría, me dicen al salir de mi casa: "Oye, ya fusilaron a Zequiel y su hermano; allá están tirados afuera del camposanto, ya no hay nadie en el cuartel".

No me saltó el corazón, ni me asusté, ni me dio curiosidad; por eso corrí. Los encontré uno al lado del otro. Zequiel boca abajo y su hermano mirando al cielo. Tenían los ojos abiertos, muy azules, empañados, parecía como si hubieran llorado. No les pude preguntar nada, les conté los balazos, volteé la cabeza de Zequiel, le limpié la tierra del lado derecho de su cara, me conmoví un poquito y me dije dentro de mi corazón tres y muchas veces: "Pobrecitos, pobrecitos". La sangre se había helado, la junté y se la metí en la bolsa de su saco azul de borlón. Eran como cristalitos rojos que ya no se volverían hilos calientes de sangre.

Les vi los zapatos, estaban polvosos; ya no me parecían casas; hoy eran unos cueros negros que no me podían decir nada de mis amigos.

Quebré la jeringa.

José Antonio tenía trece años

Estaban en la esquina de la segunda calle de El Rayo, viendo y riéndose con una muchacha. Distraídamente uno de los dos se recargó en el poste; puso toda la mano sobre una circular; los vio un soldado del cuartel de Jesús; los aprehendieron, los cintarearon mucho, llegó Miguel Baca Valles y se le ocurrió interrogarlos. "¿De dónde son ustedes?" Eran de Villa Ocampo, Durango, primos entre sí, el chico hijo de José Antonio Arciniega. "¡Ah!, tú eres hijo de José Antonio. Voy a llevarlos a dar un paseo al camposanto", dijo Vaca Valles, meciendo una sonrisa generosa.

Salieron con ellos y contaron los soldados que los fusilaron, que el chico había muerto muy valiente; que cuando les fueron a hacer la descarga se levantó el sombrero y miró al cielo. Othón murió un poco nervioso; no les pusieron caja, los echaron así nomás.

Se hicieron mil gestiones para conseguir sacarlos y nada se logró; a todos los muebles de la casa de José Antonio se les saltó la cerradura, porque el muchacho se llevó el llavero en la bolsa del chaleco y algunas cosas de valor. Baca Valles, escrupuloso y delicado, no quiso que fueran saqueados los cadáveres de los muchachos de Villa Ocampo.

Nacha Ceniceros

Junto a Chihuahua, en X estación, un gran campamento villista. Todo está quieto y Nacha llora. Estaba enamorada de un muchacho coronel de apellido Gallardo, de Durango. Ella era coronela y usaba pistola y tenía trenzas. Había estado llorando al recibir consejos de una vieja. Se puso en su tienda a limpiar su pistola, estaba muy entretenida cuando se le salió un tiro.

En otra tienda estaba sentado Gallardo junto a una mesa; platicaba con una mujer; el balazo que se le salió a Nacha en su tienda lo recibió Gallardo en la cabeza y cayó muerto.

–Han matado a Gallardito, mi General.

Villa dijo despavorido:

–Fusílenlo.

–Fue una mujer, General.

–Fusílenla.

–Nacha Ceniceros.

–Fusílenla.

Lloró al amado, se puso los brazos sobre la cara, se le quedaron las trenzas negras colgando y recibió la descarga.

Hacía una bella figura, imborrable para todos los que vieron el fusilamiento.

Hoy existe un hormiguero en donde dicen que está enterrada.

Ésta fue la versión que durante mucho tiempo prevaleció en aquellas regiones del Norte. La verdad se vino a saber años después. Nacha Ceniceros vivía. Había vuelto a su casa de Catarinas, seguramente desengañada de la actitud de los pocos que pretendieron repartirse los triunfos de la mayoría.

Nacha Ceniceros domaba potros y montaba a caballo mejor

que muchos hombres; era lo que se dice una muchacha del campo, pero al estilo de la sierra; podía realizar con destreza increíble todo lo que un hombre puede hacer con su fuerza varonil. Se fue a la revolución porque los esbirros de don Porfirio Díaz le habían asesinado a su padre. Pudo haberse casado con uno de los más prominentes jefes villistas, pudo haber sido de las mujeres más famosas de la revolución, pero Nacha Ceniceros se volvió tranquilamente a su hogar deshecho y se puso a rehacer los muros y tapar las claraboyas de donde habían salido miles de balas contra los carrancistas asesinos.

La red de mentiras que contra el general Villa difundieron los simuladores, los grupos de la calumnia organizada, los creadores de la leyenda negra, irá cayendo como tendrán que caer las estatuas de bronce que se han levantado con los dineros avanzados.

Ahora digo, y lo digo con la voz del que ha podido destejer una mentira:

¡Viva Nacha Ceniceros, coronela de la revolución!

Las cinco de la tarde

Los mataron rápido, así como son las cosas desagradables que no deben saberse.

Los hermanos Portillo, jóvenes revolucionarios, ¿por qué los mataban? El camposantero dijo: "Luis Herrera traía los ojos colorados colorados, parecía que lloraba sangre". Juanito Amparán no se olvida de ellos. "Parecía que lloraba sangre."

A los muchachos Portillo los llevó al panteón Luis Herrera, una tarde tranquila, borrada en la historia de la revolución; eran las cinco.

Los 30-30

Gerardo Ruiz, elegante, nervioso, con sonrisa estudiada, ostentaba catorce heridas que tenía en la caja del cuerpo. Al decirle que lo iban a fusilar, se puso furioso y todo su aspecto londinense se deshizo ante dieciséis cañones de unos rifles veteados y mugrosos.

—A mí no me pueden fusilar por esos papeles —gritaba con toda la fuerza de sus raquíticos pulmones—, yo soy un caballero y no puedo morir como un ladrón. Desgraciados, bandidos, ¿por qué me mandan matar? ¡Yo no voy! ¡Bestias salvajes, bandidos, bandidos! ¿Entonces para qué soy villista? Yo no voy. Óigalo bien, viejo desgraciado —se refería al General Jefe de las Armas, Gorgonio Beltrán—, ese dinero a mí no me lo dieron los carrancistas, era mío, mío, mío —y se golpeaba el pecho—; morir yo por unos mugrosos papeles, no, no. Gritó y vociferó como dos horas. El general villista que lo mandó fusilar oyó todos los insultos sin levantarse ni mover los ojos. Estaba sentado retorciéndose los bigotes.

—Que se lo lleven, ya ha desahogado su cólera, y que lo fusilen —dijo con voz suave y distraída. Su atención la tenía puesta en su bigote, que se amasaba con ritmos cadenciosos de viejo distraído.

Como el reo era peligroso, se le dobló la escolta. No quiso ir por media calle, porque dijo que él no era bandido; se fue por la banqueta, iba furioso, insultaba a los soldados y al oficial. Había caminado desde el correo hasta la calle de San Francisco, cuando le arrebató el rifle a uno de los soldados, lo "maromió" y, al querer hacer fuego, el rifle se embaló. Acto de segundos: llovieron sobre su cuerpo ágil y nervioso como veinte balas, recibiendo nada más dieciséis y quedando con vida. Un 30-30 le dio el tiro de gracia, desprendiéndole una oreja; la sangre era negra negra –dijeron los soldados que porque había muerto muy enojado–. Mucha gente vio este fusilamiento, era el mediodía. Mamá presenció todo.

Un jinete dio vuelta la esquina de la calle de San Francisco, frente al teatro Hidalgo; mecía en su mano trigueña y mugrosa un papel blanco, traía aprisionada la vida de Gerardo Ruiz. Levantaron el cuerpo, lo pusieron en una camilla infecta, que hería de mugrosa; alguien, con el pie, aventó hacia uno de los soldados un pedacito de carne amoratada. "Allí dejan la oreja" –dijo riéndose de la estupidez de los 30-30. La levantaron y se la pusieron al muerto junto a la cara. El jinete, con la vida en la mano, volvió al cuartel y la puso sobre una mesa.

Por un beso

A mí me parecía maravilloso ver tanto soldado. Hombres a caballo con muchas cartucheras, rifles, ametralladoras; todos buscando la misma cosa: comida. Estaban enfermos de la carne sin sal; iban a perseguir a Villa a la sierra y querían ir comidos de frijoles o de algo que estuviera cocido.

–Vamos a traer la cabeza de Villa –gritaban las parvadas de caballería al ir por las calles.

Una señora salió a la puerta y le gritó a uno de los oficiales:

–Oye, cabrón, traime un huesito de la rodilla herida de Villa, para hacerme una reliquia.

Hombres que van y vienen, un reborujo de gente. ¡Qué barbaridad, cuánto hombre, pero cuánta gente tiene el mundo!, decía mi mente de niña.

Llegó una tía mía para ver a Mamá, y le contó que un soldado yaqui había querido robarle a Luisa, mi prima; mil cosas dijo mi tía. Salieron en un automóvil color gris, y cuando volvieron estaban bastante platicadoras. Contaban detalles que ya no recuerdo, de cómo las había recibido el general Pancho Murguía; mi tía saltaba de gusto, porque le habían prometido fusilar al soldado y pedía ansiosa una taza de café.

"Qué bien tratan estos changos –le decía a Mamá–, ni parecen generales. Al ofrecerme que lo va a matar, es nada más para escarmiento de la tropa –repetía saboreando su café–. El susto que me pegó el malvado hombre, al quererse robar mi muchachita, no lo olvidaré hasta que me muera –aseguró convencida de su sufrimiento."

Al otro día, a la salida de las fuerzas de Murguía, al pasar por el panteón, de X regimiento sacaron a X soldado, el que nunca había visto a Luisa mi prima; ellos dijeron a la tropa:

"Este hombre muere por haber querido besar a una muchacha."

El hombre era yaqui, no hablaba español, murió por un beso que el oficial galantemente le adjudicó.

Había caído una terrible helada, las gentes muertas de frío dijeron distraídamente: "Mataron a un chango" (adjetivo que los de Chihuahua daban a los yaquis). El viento contestó: "Uno menos que se come Villa".

Yo creo que mi tía hizo una sonrisa de coquetería para el general de los changos.

El corazón del coronel Bufanda

*Carrancista que mandó matar todo
un cuartel que estaba desarmado.*

El coronel Bufanda traía la mano tiesa de lanzar granadas. Los mesones desarmados eran el del Águila y Las Carolinas. El asalto dejó más de trescientos muertos en el del Águila. El coronel salió con la mano dormida.

En media calle, alguien, nadie supo quién, le tiró un balazo, se lo dieron en la paleta izquierda y le salió por la bolsa del chaquetín, echándole fuera el corazón.

"Bien gastada está la bala expansiva", decían los hombres que pasaban.

Una doctora que vivía a un lado del mesón del Águila metió al muerto en su casa; ya lo tenía tendido cuando llegaron los de Rosalío Hernández, lo sacaron arrastrando, lo tiraron a media calle y los pedazos de su cabeza estaban prendidos de las peñas. Tenía un gesto de satisfacción.

La bolsa del chaquetín, la bolsa izquierda desgarrada como una rosa, dicen mis ojos orientándose en la voz del cañón.

La mejor sonrisa de Bufanda se las dio a los que levantaron el campo. Todos lo despreciaban, todos le dieron patadas. Él siguió sonriendo.

La sentencia de Babis

Babis vendía dulces en la vidriera de una tienda japonesa. Babis reía y se le cerraban los ojos. Él era mi amigo. Me regalaba montones de dulces. Me decía que él me quería porque yo podía hacer guerra con los muchachos a pedradas. Él no podía pelear –no por miedo– pero es que él era ya un hombre grande. "Yo he visto agarrarse muchachos grandotes allá en la calle de Mercaderes, del lado del río." Entonces él me dijo: "No me gustan las piedras tanto como los balazos. El día que me dé de alta –y se le hundían los ojos echando fuera los dientes–, voy a pelear muy bien". Y me daba un puño de chiclosos. Todos los días me decía que ya se iba con una tropa y que le gustaban mucho los pantalones verdes. "Yo me compraré unas mitazas con hebillas blancas", entonaba como una canción. Y muy en serio le dije: "Pero te van a matar. Yo sé que te van a matar. Tu cara lo dice". Él se reía y me daba confites grandes. Le conté a Mamá lo que Babis me dijo. Estaba yo retriste.

Un día encontré solos los dulces. Babis estaría vestido con pantalones verdes y botones. Qué ganas tenía de verlo. Sería como un príncipe.

Hacía un mes –un año para mis ojos amarillos– sin ver a Babis. Un soldado que llegó de Jiménez buscó la casa. Traía algo que contarle a Mamá. Llegó a cualquier hora. "Braulio, el que trabajaba en El Nuevo Japón en la calle del Ojito, se había ido con ellos. Era un muchacho miedoso." Así lo dijo aquel hombre, parado junto al riel, con las manos en las bolsas. (Yo le quise saltar al oír aquello. Babis no era miedoso. Se robaba los dulces para mí.) "En la toma de Jiménez, en los primeros prisioneros que agarraron, le tocó a Babis. Quemaron con petróleo a los prisioneros, estaba de moda. Así fue como en el primer combate Babis murió." Yo creo que sin tener sus hebillas blancas. El hombre dijo, meciéndose en un pie, que no se le iban de los oídos los gritos de los quemados vivos. Eran fuertes. Después se fueron apagando poco a poco.

El soldado, con la mano derecha, hizo un ademán raro y se fue calle arriba, por en medio de los rieles del tranvía, meciéndose en sus pies y llevándose los gritos de Babis en sus orejas.

El muerto

Los balazos habían empezado a las cuatro de la mañana, eran las diez. Dijeron que *El Kirilí* y otros eran los que estaban "agarrados" en la esquina del callejón de Tita, con unos carrancistas que se resguardaban en la acera de enfrente. El caso es que las balas pasaban por la mera puerta, a mí me pareció muy bonito; luego luego quise asomarme para ver cómo peleaba *El Kirilí*. Mamá le dijo a Felipe Reyes, un muchacho de las Cuevas, que nos cuidara y no nos dejara salir. Nosotras, ansiosas, queríamos ver caer a los hombres; nos imaginábamos la calle regada de muertos. Los balazos seguían ya más sosegados. Felipe se entretuvo jugando con unas herramientas y saltamos a una ventana mi hermana y yo; abrimos los ojos en interrogación. Buscamos y no había ni un solo muerto, lo sentimos de veras; nos conformamos con ver que de la esquina todavía salía algún balazo, y se veía de vez en cuando que sacaban un sombrero en la punta de un rifle.

De pronto salió de la esquina, donde estaba *Kirilí*, un hombre a caballo; a poquito andar, ya estaba frente a la casa –le faltaba una pierna y llevaba una muleta atravesada a lo largo de la silla–; iba pálido, la cara era muy bonita, su nariz parecía el filo de una espada. Él creía que iba viendo un grupo de hombres grises, que estaban allá arriba de la calle y que le hacían señas. No volteó ni nada, iba como hipnotizado con las figuras. En ese momento no se cruzaban los balazos.

–Mira qué amarillo –dijo mi hermana con un chillido que me hizo recordar a Felipe Reyes.

–Va blanco por el ansia de la muerte –dije yo convencida de mis conocimientos en asuntos de muertos.

Dos segundos y al llegar a la calle del Ojito desapareció. Los hombres comenzaron a disparar sobre la esquina de Tita, más fuerte que nunca; esto pasó en un instante, como si dijera en tres minutos. Fuimos arrastradas de la ventana por Felipe Reyes.

Ya no había balazos; salió toda la gente de sus casas, ansiosa de ver a quiénes les había "tocado"; había pocos conocidos por aquel rumbo, algunos carrancistas de frazadas grises, mugrosos mugrosos y con las barbas crecidas.

El mochito, con su uniforme cerrado y unos botones amarillos que le brillaban con el sol, estaba tirado muy recto como haciendo un saludo militar. Tenía la bolsa al revés, los ojos entreabiertos, el zapato a un lado de la cara, agujereado por dos balazos. Dicen que cuando ya estuvo caído le dieron dos tiros de gracia, poniéndole el zapato en la cara –él tenía dos manchitas, una junto del medio de las cejas y otra más arriba y no estaba quemado de pólvora–. Dijeron que le habían puesto el zapato para que sus "tontas" –adjetivo que le daban a las novias– no lo vieran feo.

A pesar de todo, aquel fusilado no era un vivo, el hombre mocho que pasó frente a la casa ya estaba muerto.

Mugre

–José Díaz es el muchacho más bello que conozco, elegante, distinguido, me prometió venir a tomar café –dijo una hermana de papá.

–A Toña le gusta el "macuchi", no le da vergüenza que la vean torcer las hojas. El café le gusta a Mamá, yo creo que por eso me gusta; los cigarros de Mamá son de cigarrera. Mamá es más bonita que Toña –decía yo para terminar mis pensamientos profundos y cansados.

El bello José Díaz estaba platicando. Dije tres veces: "sí, voy a hacerlo novio de *Pitaflorida*, mi muñeca princesa, le haré un vestido azul y le pondré estrellas de 'de veras' de las que vende don Luis el varillero". (Me hablé quedito cerrando los ojos.) Él usaba espada brillante, botones "oro y plata", decían mis ojos empañados de infancia. José pasaba por la casa, iba, venía. José llevaba "gallos" con la banda en noches de luna y noches oscuras. De José se enamoraron las muchachas de la Segunda del Rayo. Cambiaba de traje todos los días, se paseaba en auto rojo. Un día le contó a Toña que él odiaba el sol, por su cara y sus manos. A ella le parecía muy bien y a mí (que me decían "solera") me pareció mucho muy bien, por *Pitaflorida*; yo nunca hubiera casado a mi princesa con un hombre prieto.

No volvió, pero pasaba en las tardes. Yo sentaba a *Pitaflorida* en la ventana para que lo viera y cuando la vestía le contaba las palabras que él decía. Mi muñeca se estremecía.

Al ruido del automóvil, Toña se ponía en la rendija del zaguán; mi muñeca era la única que no se escondía para verlo. A veces él se reía al ver la casa, *Pitaflorida* no se reía.

Hubo un combate de siete horas, los villistas dentro. El combate era zumbido; una caballería se fue por el cerro de los Aburridos derecho al rancho Rubio.

Al salir del cerro le dieron al chino Ortiz. Nomás se agarró el ombligo, *El Siete* corrió cuando él se ladeaba del caballo.

–¿De dónde te pegaron, Chino?

Contó *El Siete* que apenas pudo decir:

–Del cerro de la Cruz.

El cuartel de Guanajuato era el único que todavía contestaba el fuego, trataban de rendirlo. Los carrancistas se habían metido en las casas de enfrente, en las azoteas. Los soldados de Rosalío Hernández, que un día antes de salir de Parral detuvieron sus trenes a causa de la lluvia, entraron en línea de tiradores hasta llegar al de Guanajuato, arrollando todo, y salvaron el cuartel.

Mamá se fue a buscar a su hijo de trece años. Me pegué a su falda. Junto del puente de Guanajuato estaba un chamaco abrazando a su caballo. "Aquél es –dije corriendo–. *El Siete* quiere mucho a su caballo." Cuando ella lo volteó, vimos que era un muchachito cualquiera, tenía un ojo abierto y las manos "engarruñadas" sobre el caballo, yo creo que no tenía mamá.

Nos fuimos. Al llegar a la plaza Juárez, en Guanajuato, vimos unos quemados debajo del kiosco, hechos chicharrón, negros negros; uno tenía la cabeza metida dentro de las rodillas. Vimos a nuestra izquierda el cuartel valiente, estaba cacarizo de balas. La banqueta regada de muertos carrancistas. Se conocían por la ropa mugrosa, venían de la sierra y no se habían lavado en muchos meses. Nos fuimos por un callejoncito que sale al mesón del Águila, que olía a orines –es tan angosto que se hace triste a los pies–, pero al ver un bulto pegado a la pared corrimos; estaba boca abajo, el cabello revuelto, sucio, las manos anchas, morenas. Las uñas negras, tenía en la espalda doblado un sarape gris, se veía ahogado de mugre, se me arrugó el corazón. "En este callejón tan feo", dije yo al verle la cara. Me quedé asustada. ¡José Díaz, el del carro rojo, el muchacho de las señoritas de la Segunda del Rayo, por el que Toña lloró!

No, no, él nunca fue el novio de *Pitaflorida,* mi muñeca, que se rompió la cabeza cuando se cayó de la ventana, ella nunca se rió con él.

José Díaz, joven hermoso, murió devorado por la mugre; los balazos que tenía se los dieron para que no odiara al sol.

El centinela del mesón del Águila

El mesón del Águila es ancho, chato, sucio afuera y adentro; tiene el aspecto de un animal echado en las patas delanteras y que abre el hocico. Parte de la brigada Chao, desarmada la noche anterior, dormía. Los hilos de su vida los tenía el centinela dentro de sus ojos. En sus manos mugrosas, tibias de alimento, un rifle con cinco cartuchos mohosos. Estaba parado junto a la piedra grande; norteño, alto, con las mangas del saco cortas, el espíritu en filos cortando la respiración de la noche, se hacía el fantasma. No oyó el ruido de los que se arrastraban; los carrancistas estaban a dos pasos; él recibió un balazo en la sien izquierda y murió parado; allí quedó tirado junto a la piedra grande. Muy derecho, ya sin zapatos, la boca entreabierta, los ojos cerrados; tenía un gesto nuevo, era un muerto bonito, le habían cruzado las manos. Algunos lo miraban con rencor. –No dio el aviso–. Dentro del cuartel había trescientos cuerpos regados en el patio, en las caballerizas, en los cuartos; en todos los rincones había grupitos de fusilados, medio sentados, recostados en las puertas, en las orillas de las banquetas. Sus caras, salpicadas de sangre, tenían el aspecto desesperado de los hombres que mueren sorprendidos. (A un muchachito de ocho años, vestido de soldado, Roberto Rendón, le tocó morir en el patio, estaba tirado sobre su lado izquierdo, abiertos los brazos, su cara de perfil sobre la tierra, sus piernas flexionadas parecían estar dando un paso: el primer paso de hombre que dio.)

"Más de trescientos hombres fusilados en los mismos momentos, dentro de un cuartel, es mucho muy impresionante", decían las gentes, pero nuestros ojos infantiles lo encontraron bastante natural.

Al salir del caserón volvimos a ver al centinela. Nadie sabía su nombre. Unos decían que había disparado un tiro; otros que no. Yo sé que el joven centinela no murió junto a la piedra grande. Él ya era un fantasma. Tenía cinco cartuchos mohosos en sus manos y un gesto que regaló a nuestros ojos.

El general Rueda

Hombre alto, tenía bigotes güeros, hablaba muy fuerte. Había entrado con diez hombres en la casa, insultaba a Mamá y le decía:

"¿Diga que no es de la confianza de Villa? ¿Diga que no? Aquí hay armas. Si no nos las da junto con el dinero y el parque, le quemo la casa." Hablaba paseándose en frente de ella. Lauro Ruiz es el nombre de otro que lo acompañaba (este hombre era del pueblo de Balleza). Todos nos daban empujones, nos pisaban, el hombre de los bigotes güeros quería pegarle a Mamá, entonces dijo:

"Destripen todo, busquen donde sea." Picaban todo con las bayonetas, echaron a mis hermanitos hasta donde estaba Mamá pero él no nos dejó acercar a Mamá. Me rebelé y me puse junto a ella, pero él me dio un empellón y me caí. Mamá no lloraba, dijo que no le tocaran a sus hijos, que hicieran lo que quisieran. Ella ni con una ametralladora hubiera podido pelear contra ellos. Los soldados pisaban a mis hermanitos, nos quebraron todo. Como no encontraron armas, se llevaron lo que quisieron, el hombre güero dijo:

"Si se queja vengo y le quemo la casa." Los ojos de Mamá, hechos grandes de revolución, no lloraban, se habían endurecido recargados en el cañón de un rifle de su recuerdo.

Nunca se me ha borrado mi madre, pegada en la pared hecha un cuadro, con los ojos puestos en la mesa negra, oyendo los insultos. El hombre aquél, güero, se me quedó grabado para toda la vida.

Dos años más tarde nos fuimos a vivir a Chihuahua, lo vi subiendo los escalones del Palacio Federal. Ya tenía el bigote más chico. Ese día todo me salió mal, no pude estudiar, me pasé pensando en ser hombre, tener mi pistola y pegarle cien tiros.

Otra vez estaba con otros en una de las ventanas del Palacio, se reía abriendo la boca y le temblaban los bigotes. No quiero decir lo que le vi hacer ni lo que decía, porque parecerá exagerado; volví a soñar con una pistola.

Un día aquí, en México, vi una fotografía en un periódico, tenía este pie:

"El general Alfredo Rueda Quijano, en consejo de guerra sumarísimo" (tenía el bigote más chiquito), y venía a ser el mismo hombre güero de los bigotes. Mamá ya no estaba con nosotros, sin estar enferma cerró los ojos y se quedó dormida allá en Chihuahua –yo sé que Mamá estaba cansada de oír los 30-30. Hoy lo fusilaban aquí, la gente le compadecía, lo admiraba, le habían hecho un gran escenario para que muriera, para que gritara alto, así como le gritó a Mamá la noche del asalto.

Los soldados que dispararon sobre él aprisionaban mi pistola de cien tiros.

Toda la noche me estuve diciendo:

"Lo mataron porque ultrajó a Mamá, porque fue malo con ella." Los ojos endurecidos de Mamá los tenía yo y le repetía a la noche:

"Él fue malo con Mamá. Él fue malo con Mamá. Por eso lo fusilaron."

Cuando vi sus retratos en la primera plana de los periódicos capitalinos, yo les mandé una sonrisa de niña a los soldados que tuvieron en sus manos mi pistola de cien tiros, hecha carabina sobre sus hombros.

Las tripas del general Sobarzo

Como a las tres de la tarde, por la calle de San Francisco, estábamos en la piedra grande. Al bajar el callejón de la Pila de don Cirilo Reyes, vimos venir unos soldados con una bandeja en alto; pasaban junto a nosotras, iban platicando y riéndose. "¿Oigan, qué es eso tan bonito que llevan?" Desde arriba del callejón podíamos ver que dentro del lavamanos había algo color de rosa bastante bonito. Ellos se sonrieron, bajaron la bandeja y nos mostraron aquello. "Son tripas", dijo el más joven clavando sus ojos sobre nosotras a ver si nos asustábamos; al oír, son tripas, nos pusimos junto de ellos y las vimos; estaban enrolladitas como si no tuvieran punta. "¡Tripitas, qué bonitas!, ¿y de quién son?", dijimos con la curiosidad en el filo de los ojos. "De mi general Sobarzo –dijo el mismo soldado–, las llevamos a enterrar al camposanto." Se alejaron con el mismo pie todos, sin decir nada más. Le contamos a Mamá que habíamos visto las tripas de Sobarzo. Ella también las vio por el puente de fierro.

No recuerdo si fueron cinco días los que estuvieron "agarrados", pero los villistas en aquella ocasión no pudieron tomar la plaza. Creo que el Jefe de las Armas se llamaba Luis Manuel Sobarzo y que lo mataron por el cerro de La Cruz o por la estación. Él era de Sonora, lo embalsamaron y lo echaron en un tren; sus tripas se quedaron en Parral.

El ahorcado

El hombre que tenía la mano salida de la ventanilla, amoratada y con las uñas negras –parecía estrangulada–, hablaba tan fuerte que el cigarro de macuchi detrás de la oreja se le movía mucho, parecía que iba a caérsele hasta el suelo; yo tenía ganas de que se le cayera. "Máquinas, la tierra, arados, nada más que maquinarias y más maquinarias", decía abierto de brazos, meciendo sus ideas en el ir del tren. "El Gobierno no sabe, el Gobierno no ve." Nadie le había contestado. Al llegar el hombre de las sodas, todos pidieron una botella, le ofrecieron. "No, yo nunca bebo agua, en toda mi vida, café, sólo café, el agua me sabe mal –dijo sonando la boca–, cuando lleguemos a Camargo tomaré café."

Habló en diez tonos distintos, para pedirle a un fantasma la misma cosa: maquinarias.

Santa Rosalía de Camargo Sandías, todos comían sandías; mi nariz pecosa la hundí en una rebanada que me dio Mamá; cuando de pronto, vimos un montón de hombres a caballo junto a un poste de telégrafo, tratando de encaramar una reata; cuando ya la pasaron, le dieron la punta a uno de ellos, picó ijares, el caballo pegó el arranque, en la otra punta estaba el que colgaban. El del caballo estaba a cierta distancia, con la reata tirante, y miraba al poste haciendo un gesto como de uno que lee un anuncio de lejos; fue acercándose poco a poco, hasta dejar al colgado a una altura razonable. Le cortaron el pedazo de reata. Se fueron llevándose la polvareda en las pezuñas de sus caballos. Mamá no dijo nada, pero ya no comió la sandía. El asiento de adelante quedó vacío; el hombre de la mano en la ventanilla estaba ahorcado enfrente del tren, a diez metros de distancia, ya se le había caído el cigarro de macuchi, el colgado parecía buscarlo con la lengua. El tren fue arrancando muy despacito. Dejó balanceándose en un poste al hombre que tomó café toda su vida.

Desde una ventana

Una ventana de dos metros de altura en una esquina. Dos niñas viendo abajo un grupo de diez hombres con las armas preparadas apuntando a un joven sin rasurar y mugroso, que arrodillado suplicaba desesperado, terriblemente enfermo se retorcía de terror, alargaba las manos hacia los soldados, se moría de miedo. El oficial, junto a ellos, va dando las señales con la espada; cuando la elevó como para picar el cielo, salieron de los treintas diez fogonazos que se incrustaron en su cuerpo hinchado de alcohol y cobardía. Un salto terrible al recibir los balazos, luego cayó manándole sangre por muchos agujeros. Sus manos se le quedaron pegadas en la boca. Allí estuvo tirado tres días; se lo llevaron una tarde, quién sabe quién.

Como estuvo tres noches tirado, ya me había acostumbrado a ver el garabato de su cuerpo, caído hacia su izquierda con las manos en la cara, durmiendo allí, junto de mí. Me parecía mío aquel muerto. Había momentos que, temerosa de que se lo hubieran llevado, me levantaba corriendo y me trepaba en la ventana, era mi obsesión en las noches, me gustaba verlo porque me parecía que tenía mucho miedo.

Un día, después de comer, me fui corriendo para contemplarlo desde la ventana; ya no estaba. El muerto tímido había sido robado por alguien, la tierra se quedó dibujada y sola. Me dormí aquel día soñando en que fusilarían otro y deseando que fuera junto a mi casa.

Los hombres de Urbina

Le contaron a Mamá todo lo que había pasado. Ella no lo olvidaba. Aquellos hombres habían sido sus paisanos.

–Fue en Nieves –dijo Mamá–, allá en la hacienda de Urbina entraron a balazos los villistas; Isidro estaba allí (*El Kirili*). Los sorprendieron. Ellos eran muy pocos y mataron a los más. A Urbina lo hirieron, luego se lo llevaron preso rumbo a Rosario, no llegaron; Urbina se perdió. La noche era tan oscura que parecía boca de lobo. Contaron que al general Villa le había sorprendido mucho la noticia de la muerte de su compadre Urbina, pero todos supieron que Fierro le dijo que Urbina se andaba volteando y que realmente él había tenido que intervenir a balazos. Mamá decía que todo se debió a una corazonada del Jefe de la División del Norte.

Llegaron las tropas a Parral –decía Mamá que todo fue tan espantoso, andaban tan enojados, las caras las tenían desencajadas de coraje–. Por todos lados iban y venían, preguntaban, tenían la esperanza de que apareciera su jefe. No creían que estuviera ya muerto. Nadie lo sabía, más bien lo adivinaron.

Muchos fueron los fusilamientos, todos eran mis paisanos –decía Mamá con su voz triste y sus ojos llenos de pena–. Les pedían firmas, tenían que volverse villistas, si no, los mataban, la mayor parte de los oficiales fueron fusilados; todos los generales reconocieron a Villa como jefe, una firma nomás y ya estaban salvados, pero Santos Ruiz no lo hizo; Santos era nativo de mi tierra, muy muchacho, como de unos veinticuatro años, general valiente; la voz de Mamá temblaba al decir que aquel hombre, soldado de la revolución, era nativo de su tierra. Mucho interés tuvieron en no fusilarlo. Santos les había dicho que él no quería ser villista. Nadie quería fusilarlo, hasta los más villistas pedían su vida y tenían esperanzas de convencerlo, le dieron de beber y ni con el sotol lograron quitarle una firma. Un día lo metieron a la cárcel a ver si lo hacían entrar en razón, según ellos decían. Después llegaron todos sus familiares; Fidelina, hermana de Santos que lo quería mucho, todos los días iba a la cárcel y le pedía al general Santos Ortiz la vida de su hermano. Una mañana ya no la dejaron entrar, él dio orden de que ya no pasara a verlo. Muchas fueron las cosas que le sucedieron a aquel hombre –decía Mamá con el recuerdo entre sus labios–. Cuando ya tenía quince días de estar preso, uno de sus compañeros, que era su amigo íntimo y que también iba a morir junto con él, por su gusto, le dijo: "Te miras triste, parece que estás enfermo, rasúrate, Santos, te hace falta". "Ya me van a matar y quiero terminar esta novela", le contestó el joven general. No sabían cuándo, una hora, días, sólo sabían que los matarían porque ellos mismos se habían sentenciado.

"Les mandé unos libros, tres libros –dijo Mamá, muy interesada en contar la tragedia de aquel hombre valiente–. Mirando que podían entretenerse leyendo." Nadie creía que los matarían, pensábamos que ya hasta se habían olvidado de ellos, hasta el día que Fidelina salió corriendo de la casa de Tita. "Me matan a mi hermano –decía–, me matan a mi hermano." Mamá dijo que le dio mucha tristeza; estaba descompuesta, desesperada, lastimaba verla. (Yo creo que su silueta negra impresionaba, pero como tenía trenzas le volarían por el viento, estarían más resignadas que ella y se verían más bonitas.) Volvió a entrar a la casa y luego salió corriendo. Tres descargas sofocadas se escucharon en la cárcel, era como la una de la tarde. "Dios guarde la hora" –decía Mamá llena de dolor. Ningún fusilamiento estaba tan presente en su memoria como éste; por nadie sentía tanta pena. Oí las descargas desde la puerta de la carpintería de Reyes, me puse la mano en el pecho, me dolía la frente, yo también corría, no supe qué hacer, luego, cuando oí los tiros de gracia, ya no di un paso más, me volví llorando. Habían matado a un paisano mío, nada se pudo hacer por él

–Mamá se secaba las lágrimas, sufría mucho–. (Yo tenía los ojos abiertos, mi espíritu volaba para encontrar imágenes de muertos, de fusilados; me gustaba oír aquellas narraciones de tragedia, me parecía verlo y oírlo todo. Necesitaba tener en mi alma de niña aquellos cuadros llenos de terror, lo único que sentía era que hacían que los ojos de Mamá, al contarlo, lloraran. Ella sufrió mucho presenciando estos horrores. Sus gentes queridas fueron cayendo, ella las vio y las lloró.) Después trajeron las cajas, las tres cajas, las pusieron en la sala grande, todo querían que pareciera muy elegante, ¿para qué?, me decía yo dentro de mí, si Santos ya no vive. Las cajas tenían agarraderas como de plata y pusieron candeleros más grandes. Santos quedó en medio, los otros dos murieron por el gusto de ser sus amigos y para que no le tocara a él solo. Yo miraba aquellas cajas –decía su voz–, aquellas velas tan grandes y todavía oía las descargas sofocadas como dentro de un jarro. Me contó Fidelina que dos horas antes de morir se rasuró y les dijo que lo hacía para que su hermana no lo viera feo. "Me verán limpio y mi hermana me perdonará." Al estar frente a los soldados que lo iban a fusilar, les suplicó que no le dieran en la cara y dijo cómo deberían darle el tiro de gracia. Les ordenó que entregaran aquellos libros, y que *Los tres mosqueteros* era lo que más le había gustado. "Pobrecito de Santos Ortiz", exclamaba Mamá con las lágrimas en los ojos. "Dios lo tenga en su reino." (Y por aquella vez su voz dejó de oírse, yo creo que para rezar por Santos Ortiz.) Otras veces, cuando ella estaba contando algo, de repente se callaba, no podía seguir. Narrar el fin de todas sus gentes era todo lo que le quedaba. Yo la oía sin mover los ojos ni las manos. Muchas veces me acercaba a sus conversaciones sin que ella me sintiera.

Un día me agarró de la mano, me llevó caminando, íbamos a casa de mi madrina, era una señorita muy bonita, de ojos verdes, rubia, y tenía novio. Torcimos allí en San Nicolás y nos fuimos a Las Carolinas, en un llanito se paró, yo no le preguntaba nada, me llevaba de la mano, me dijo: "Le voy a enseñar a mi hija una cosa". Miró bien y seguimos. "Aquí fue –dijo ella deteniéndose en un lugar donde estaba una piedra azul–. Mire –me dijo–, aquí en este lugar murió un hombre, era nuestro paisano, José Beltrán; les hizo fuego hasta el último momento; lo cosieron a balazos. Aquí fue; todavía arrodillado, como Dios le dio a entender, les tiraba y cargaba el rifle. Se agarró con muchos, lo habían entregado, lo siguieron hasta aquí. Tenía dieciocho años." No pudo seguir, nos retiramos de la piedra y Mamá ya no dijo ni una sola palabra. Yo volteaba a verle su cara y, sin dejar de seguir sus pasos, mis ojos se detenían en su nariz afiladita. Cuando ya íbamos a llegar con mi madrina, me dijo Mamá: "Le adoras la mano a mi comadre, es tu madrina, tu segunda madre".

Ella le contó que venía de ver el lugar donde había muerto José Beltrán, mi madrina le dijo algo. Después estaban platicando y tomando café. Conocí el lugar donde había muerto José Beltrán, no supe por qué, ni cuándo, pero ya nunca se me olvidó.

Las tristezas de *El Peet*

El Peet dijo que aquella noche todo estaba muy sospechoso; llegaron muchas fuerzas de Chihuahua, se atropellaban en las calles. Parral de noche es un pueblo humilde, sus foquitos parecen botones en camisa de pobre, sus calles, llenas de caballerías villistas, reventaban, nadie tenía sorpresa, los postes eran una interrogación.

¿Por qué parte de la División del Norte andaba con el tejano metido hasta los ojos? Ellos mismos no lo sabían.

El Peet le dijo a Mamá: "Ya se fueron todos, acabamos de fusilar al chofer de Fierro, y en el camino nos fue contando bastantes cosas, dijo: 'El general Fierro me manda matar porque dio un salto el automóvil y se pegó en la cabeza con uno de los palos del toldo. Me insultó mucho, y me bastó decirle que yo no conocía aquí el pueblo para que ordenara mi fusilamiento. Está bueno, voy a morir, andamos en la bola, sólo les pido que me manden este sobre a Chihuahua, que se sepa siquiera que quedé entre los montones de tierra de este camposanto'".

Dijo *El Peet* que este hombre hablaba con la misma rapidez del que desea terminar cuanto antes con un asunto razonable. "Yo no entiendo, compañeros, por qué no me metió un balazo en el momento del salto." *El Peet* dijo: "Oiga, Mamá, ¿se acuerda de ese pico de riel que sale allí luego luego, a la salida de la estación? Pues allí se le 'sangolotió' el automóvil, el chofer era la primera vez que venía aquí y no conocía las calles". El reo había muerto bastante conforme. Dijo *El Peet* que no había tenido tiempo de asustarse. Que les había contado que toda aquella gente iba a Las Nieves a ver a Urbina, que Villa iba entre ellos disfrazado, que nadie sabía a qué iban.

"La tristeza que siento es que cuando cayó, todavía calientito, ni se acabaría de morir, cuando los hombres se abalanzaron sobre él y le cortaron los dedos para quitarle dos anillos, y como traía buena ropa, lo encueraron al grado que no le dejaron ni calzoncillos. Si viera qué ladrones son. Siento vergüenza de todo", dijo *El Peet*, afirmándose en un gesto de tristeza.

La muerte de Felipe Ángeles

"Traen a Felipe Ángeles con otros prisioneros. No los matan", decía la gente. Yo pensé que sería un general como casi todos los villistas; el periódico traía el retrato de un viejito de cabellos blancos, sin barba, zapatos tenis, vestido con unas hilachas, la cara muy triste. "Le harán Consejo de Guerra", decían los periódicos. Eran tres prisioneros: Trillito, de unos catorce años; Arce, ya un hombre, y Ángeles. Nos fuimos corriendo mi hermanito y yo hasta el Teatro de los Héroes; no supimos ni cómo llegamos hasta junto al escenario, allí había un círculo de hombres, en el lado derecho una mesa, en el izquierdo otro mueble, no me acuerdo cómo era; junto a él, el agente del Ministerio Público, un abogado de nombre Víctores Prieto. En la platea del lado derecho estaba Diéguez. Sentado en el círculo, Escobar. Acá, junto a las candilejas, estaban sentados los prisioneros: Ángeles en medio, Trillito junto a los focos.

Interrogó la mesa grande, dijo algo de Felipe Ángeles. Se levanta el prisionero, con las manos cruzadas por detrás. (Digo exactamente lo que más se me quedó grabado, no acordándome de palabras raras, nombres que yo no comprendí.)

"Antes de todo –dijo Ángeles–, deseo dar las gracias al coronel Otero por las atenciones que ha tenido conmigo, este traje (un traje color café, que le nadaba) me lo mandó para que pudiera presentarme ante ustedes." (Se abrió de brazos para que pudieran ver que le quedaba grande.) Nadie le contestó. Él siguió: "Sé que me van a matar, QUIEREN MATARME; éste no es un Consejo de Guerra. Para un Consejo de Guerra se necesita esto y esto, tantos generales, tantos de esto y tanto más para acá", y les contaba con los dedos, palabras difíciles que yo no me acuerdo. "No por mi culpa van a morir", dijo señalando a los otros acusados, "este chiquillo, que su único delito es que me iba a ver para que le curara una pierna, y este otro muchacho; ellos no tienen más culpa que haber estado junto conmigo en el momento que me aprehendieron. Yo andaba con Villa porque era mi amigo; al irme con él para la sierra, fue para aplacarlo, yo le discutía y le pude quitar muchas cosas de la cabeza. En una ocasión discutimos una noche entera, varias veces quiso sacar la pistola, estábamos en X rancho, nos amaneció, todos creían que yo estaba muerto al otro día."

"¿Y llama usted labor pacífica andar saqueando casas y quemando pueblos como lo hicieron en Ciudad Juárez?", dijo el hombre de las polainas, creo que era Escobar. Ángeles negó; el de las polainas, con voz gruesa, gritó: "Yo mismo los combatí".

Hablaron bastante, no recuerdo qué, lo que sí tengo presente fue cuando Ángeles les dijo que estaban reunidos sin ser un Consejo de Guerra. Yo e, yo i, yo, o, y habló de New York, de México, de Francia, del mundo. Como hablaba de artillería y cañones, yo creí que el nombre de sus cañones era New York, etcétera... el cordón de hombres oía, oía, oía...

Mamá se enojó, dijo: "¿No ven que dicen que Villa puede entrar de un momento a otro hasta el teatro, para librar a Ángeles? La matazón que habrá será terrible". Nos encerraron; ya no pudimos oír hablar al señor del traje café.

Ya lo habían fusilado. Fui con Mamá a verlo, no estaba dentro de la caja, tenía un traje negro y unos algodones en las orejas, los ojos bien cerrados, la cara como cansada de haber estado hablando los días que duró el Consejo de Guerra —creo que fueron tres días–. Pepita Chacón estuvo platicando con Mamá, no le perdí palabra. Estuvo a verlo la noche anterior, estaba cenando pollo, le dio mucho gusto cuando la vio; se conocían de años. Cuando vio el traje negro dejado en una silla, preguntó: "¿Quién mandó esto?" Alguien le dijo: "La familia Revilla". "Para qué se molestan, ellos están muy mal, a mí me pueden enterrar con éste", y lo decía lentamente tomando su café. Que cuando se despidieron, le dijo: "Oiga, Pepita, ¿y aquella señora que usted me presentó un día en su casa?" "Se murió, general, está en el cielo, allá me la saluda." Pepita aseguró a Mamá que Ángeles, con una sonrisita caballerosa, contestó: "Sí, la saludaré con mucho gusto".

La muleta de Pablo López

Todos comentaban aquel fusilamiento, dijo Mamá que hasta lloraban por Pablito; ella no lo vio porque estaba en Parral. Martín se lo contó todo. Lloraba mucho y le dijo "que quería morir como su hermano Pablito, muy valiente, muy hombre".

Pablito López un día mandó fusilar a unos americanos. "No los fusile –le dijeron algunos hombres–. ¿No mira que son americanos?"

Pablito López, el joven general, riéndose como si fuera un niño al que tratan de asustar, les dijo: "Bueno, pues mientras se sabe si son peras o son manzanas, cárguenmelos a mi cuenta".

Y allí se quedaron los americanos muertos.

Un día fueron a Columbus. Pablo y Martín López idearon quemar toda la población. En el asalto salió herido. Se escondió en la sierra. Todas las gentes de Estados Unidos gritaban en su contra, lo odiaban mucho y querían verlo colgado en un árbol.

Francisco del Arco, un coronel carrancista muy elegante, arregló que unos hombres le entregaran al herido. Aparentemente el coronel Del Arco había ido a buscarlo, desafiando peligros; las gentes dicen que mentiras, que ese coronel era un elegante, pero todos felicitaron al muy hermoso.

Pablito, sostenido por una muleta y un bordón, fue traído a Chihuahua. Tenía varias heridas. Lo quisieron curar, él no se dejó; dijo "que para qué, que ya no lo necesitaba". Él sabía que lo iban a fusilar. No lloró, no dijo palabras escogidas. No mandó cartas. La mañana de su fusilamiento pidió que le llevaran de almorzar. Al tomar su café, se fumó un cigarro. Le avisaron que lo iban a matar en el centro de la ciudad, frente al pueblo. Él se sonreía. (Así aparece en los retratos.) Agarró su muleta, se colgó de ella, bajó los ojos y se miró las piernas heridas, tímidamente levantaría la cara, como preguntando ¿qué, ya nos vamos?

Lo fusilaron frente al pueblo. (Existen muchos retratos de este acto.) Como última voluntad pidió el no morir frente a un americano que estaba entre la multitud. "No quiero morir frente a ése" –dijo con energía el tímido y joven general.

Las balas lo bajaron de su muleta y lo tendieron en el suelo. Sus heridas de Columbus ya no lo molestaban.

Yo creo que aquel coronel Del Arco se perfumaría el bigote, apretaría su triunfo entre el tubo de sus botas de militar elegante, y seguramente se fue marcando sus pisadas y creyendo en su importancia.

La camisa gris

Tomás Ornelas iba de Juárez a Chihuahua, y cerca de Villa Ahumada, en la Estación Laguna, el tren fue asaltado por el general Villa y su gente. Ornelas había sido hombre de su confianza. Tuvo algún tiempo el puesto de Jefe de las Armas de Ciudad Juárez, pero se la entregó a los carrancistas, robándose muchas cosas y traicionándolo; después de esto tranquilamente se fue a vivir a El Paso.

El general siempre sabía las cosas; fue así como supo que Ornelas en esa fecha iba en el cabús de un tren, escondido y temeroso de que lo fueran a ver. Pero al oír la voz de Villa que le decía: "Quiúbole, amigo, ¿creía que ya no nos íbamos a ver en este mundo?", se puso lívido, trató de meterse debajo del asiento y se revolvió como fiera en jaula.

"Qué bien vestido anda, mire qué buen sombrero y buena camisa tray, con el dinero que se robó. Bájenlo" –les dijo a sus hombres–. "Cuélenle pa'bajo." Unas cuantas balas bien gastadas, le dijo a Mamá una voz que se acercó. La camisa gris cayó junto de la vía del tren y en medio del desierto, los ojos de Mamá detienen la imagen del hombre que al ir cayendo de rodillas se abraza su camisa y regala su vida. Cuentos para mí, que no olvidé. Mamá los tenía en su corazón.

La sonrisa de José

Salvador es de la calle Segunda del Rayo, nació allí, fue de la gente de José Rodríguez. Le contó a Mamá algo de Carlos Almeida, algo del combate con Tomás Rivas. (Tomasito Rivas también era de allí, de la Segunda del Rayo.) Dijo que a José lo habían matado en una traición y que José para acá y José para allá, dijo muchas cosas; el caso es que José Rodríguez había nacido en Satevó, un día se volvió general villista, valiente, joven, sabía montar a caballo, conocía la sierra, estuvo en muchos combates, y en todas las peleas los hombros fuertes y anchos de José Rodríguez se abrían paso dejando enemigos caídos. No era peleonero ni hablador. Un día su jefe de Estado Mayor lo traicionó, lo hizo para quitarle el dinero que traía en la silla de su caballo. José Rodríguez se puso muy triste –yo creo que muy enojado–, por eso se dio un balazo en el cuello; nada más que cuando se lo iba a disparar le arrebataron la pistola.

Después lo mandaron a Ciudad Juárez, allá lo iban a curar, pero no llegó vivo, en el camino unos rancheros americanos lo remataron.

Todos en Parral lloraban a José Rodríguez.

Hacía mucho sol, dos cuerpos estaban expuestos al pueblo, toda la gente los veía. "Es Pablo López", decían unos, "es Siáñez", decían otros. Nadie sabía. Aquellos dos muertos eran Manuel Baca Valles y José Rodríguez. El enemigo dijo que eran unos bandidos, por eso los puso a la vista del pueblo; pero ellos mismos no sabían que el fuerte y alto era José Rodríguez, jefe de la caballería villista, brazo derecho de Francisco Villa. Se conformaron con decir: "son unos bandidos". Eran tontos los carrancistas, no sabían sus asuntos. Podrían haber escrito: Rodríguez, caballería villista... jefe... etcétera.

José Rodríguez, riéndose, les diría con voz de amistad: "de todos modos, muchachos, déjenme tomar tantito sol, aquí tirado frente al pueblo". (Pero no se lo dijo, porque José se reía de ellos.)

En unas tablas los expusieron para que todo el pueblo de Ciudad Juárez los viera.

Decía su papá: "mi José, mi hijo José, grandote era y muy fuerte; de edad veinte años, lo mataron. Cuando me trujieron la nueva, al monte me fui a llorar".

Tomás Urbina

Mi tío abuelo lo conoció muy bien. "Son mentiras las que dicen del *Chapo* –dijo mi tío–; *El Chapo* era buen hombre de la revolución. ¡Ni lo conocían estos curros que hoy tratan de colgarle santos!" Y narra, como si fuera un cuento, que: el general Tomás Urbina nació en Nieves, Durango, un día 18 de agosto del año de 1877.

Caballerango antes de la revolución, tenía pistola, lazo y caballo. La sierra, el sotol, la acordada hicieron de él un hombre como era.

Su madre, doña Refugio, se desvelaba esperándolo. Rezaba al Santo Niño de Atocha, él se lo cuidaba. Un hombre que atraviesa la sierra necesita ir armado y a veces necesitaba matar. Su panorama fue el mismo de todos. Hombres del campo, temidos de frente y muertos por la espalda.

Urbina portaba su pantalón ajustado de trapo negro, su blusa de vaquero y el sombrero grande. Pocos años en los huesos forrados de piel morena. Sabía montar potros, lazaba bestias y hombres. Tomaba sus tragos de aguardiente de uva, y se adormecía entrelazado en los cabellos negros de alguna señora (composición hecha a escondidas de mi tío).

La revolución y su amistad con Pancho hicieron de él un soldado de la revolución. Al que cuidaba el Santo Niño de Atocha.

Llegó a general porque sabía tratar hombres y tratar bestias. Llegó a general porque sabía de balazos y sabía pensar con el corazón.

Urbina, general, fracasó ante Urbina hombre.

En esos días él estaba en El Ébano, venía para Celaya. Allá en Nieves pasaron acontecimientos familiares, al saberlos vinieron a descomponer su sonrisa de general.

Margarito, el hermano, sabía todo: Doña María y el jefe de los talabarteros de la "Brigada Morelos".

Urbina, con la estrella en el sombrero, con sus venas gordas, palpitantes bajo la piel prieta, abriendo los ojos hasta hacer gimnasia, haría un resoplido de general ante aquellas noticias. (Todo esto es una suposición inocente, nacida hoy, acá donde las gentes ignoran al Santo Niño de Atocha y al general Tomás Urbina.)

Urbina le dio orden a su hermano de que llegara a Villa Ocampo y que Catarino Acosta corriera a fusilar al talabartero en la puerta de la casa de doña María. Orden que se cumplió. Lo levantó y lo metió en su casa. En el cuarto donde Urbina le tenía permanentemente levantado un altar al Santo Niño de Atocha y velas encendidas, allí mismo tenía una cama donde dormía y rezaba. Nadie entraba en aquel lugar. Doña María tendió allí al fusilado. Lo veló y le hizo su entierro.

Allá en El Ébano, Urbina lo supo y todo él se descompuso. Sus sentimientos salieron en tropel.

Tres personas lo relatan. Pasaron las fuerzas de Rodolfo Fierro rumbo a Las Nieves, entre seis de la tarde y diez de la noche. ¿Qué día?, ¿qué mes?, ¿qué año? Todos iban muy apurados y hablaban en voz baja. Acabando de llegar fusilaron al chofer de Fierro, y que al tiempo que lo llevaban al camposanto les había contado que Villa iba allí disfrazado, que quién sabe a qué iría.

El Kirilí, que estaba con Tomás Urbina en la hacienda, ha dicho que a los primeros balazos ellos comenzaron a poner colchones de lana en las puertas y que entonces a él le habían volado un dedo, seguramente el dedo donde él usaba su anillo de oro, que le quitó a un muerto. *El Kirilí* vio cuando hirieron a Urbina y oyó que dio órdenes de cesar el fuego.

Martínez Espinosa, nacido en Las Nieves y sobrino de Urbina, con la sencillez que tiene el caso, relata lo que él vio:

Tomás Urbina Reyes tenía la muñeca de la mano izquierda seca. En el momento de los balazos lo hirieron en el brazo derecho, partiéndole completamente el antebrazo. Tenía otro balazo en el costado y, no pudiendo ya disparar, se rindió. Sus heridas no eran de gravedad. Se quedó dentro del cuarto hasta que el general Villa entró, recibiéndolo Urbina con estas palabras:

—Yo nunca me esperaba esto de usted, compadre.

A lo que Villa contestó, textualmente:

—Pues ya verá las consecuencias. (Había el antecedente de que doña Refugio, la mamá de Urbina, y el general Villa, se querían entrañablemente, así que cabía la esperanza de que no pasaría nada, a pesar de ciertos tratados que según se decía Urbina tenía con los carrancistas.)

Urbina, ya de pie, salió caminando al lado del general Villa y se fueron a la esquina. Allí estuvieron hable y hable. Nadie oyó nada, ni supieron lo que estaban tratando. Aquella conversación de Urbina herido y de Villa duró más de dos horas. Cuando se desprendieron de la esquina, Villa traía a Urbina del brazo y se venían riendo; se veía que estaban contentos.

Nadie se esperaba lo que pasó un minuto después.

Al llegar los compadres junto a Rodolfo Fierro, Villa le dijo:

—Ya me voy. Mi compadre se queda para curarse.

A lo que Fierro contestó, casi dando un brinco:

—Ése no fue el trato que hicimos.

Y volvió el rostro instantáneamente para ver a su caballería, que la había formado casi rodeando la hacienda y lista para disparar.

Villa siguió la mirada y el ademán de Fierro y rápidamente dijo:

—Bueno, mi compadre necesita curarse. Entonces llévelo, pero que primero se cure, porque mi compadre está malo. (Cuentan quienes vieron la escena, que si Villa defiende un poquito a Urbina, allí se habrían muerto los dos, porque toda la tropa era de Fierro; Villa no tenía un soldado, y Urbina unos cuantos que lo acompañaban en la hacienda.)

Entonces Rodolfo Fierro mandó que subieran al general Urbina al automóvil, junto con un individuo a quien le decían el doctor. Con ellos subió al coche el mismo Fierro. Iban nada más cuatro personas: ellos tres y el chofer. Al llegar a Villa Ocampo, rodearon el automóvil como sesenta hombres de Urbina, todos montados y armados y le preguntaron: "¿Qué pasa, mi general?"

Urbina les contestó:

"Pos que ya nos llevó... Pero desde este momento yo no doy un solo paso si no me van escoltando ustedes."

Salió el automóvil escoltado, hasta llegar a la cuesta del Berrendo, donde, por culpa misma del camino, el coche pudo dar vuelta a una curva y trepar rápidamente, dejando muy abajo a la caballería. Al estar arriba, se detuvo tantito, y por más que corrieron los montados, ya ni el polvo le vieron, porque se fue casi desbocado hasta llegar a Las Catarinas.

Allí están las tumbas, una de ellas dice: TOMÁS URBINA.

El Jefe de las Armas los mandó fusilar

Allá en la Segunda del Rayo eran las diez de la noche, un tropel se acerca. Vienen unas sombras en pedazos y luego hechas una comitiva pasan frente a la puerta.

Llevaban tres reos. Los caballos hacían rendijas de luz sobre sus cuerpos, al abrirse las patas de los animales; sus siluetas parecían las más tristes. Estaban callados, agachados, tal vez sin deseos de saber nada. El tropel se fue alejando paso a paso y al rato se oyeron unas descargas seguidas. Eran muy conocidos aquellos fusilamientos en la noche; hombres que llegaban de la sierra, anochecían y no amanecían. Esta vez le tocó a Herlindo Rodríguez y a dos más. Habían sido compañeros de Guillermo Baca y amigos de Abelardo Prieto. Murieron y nadie supo por qué los mató una escolta formada por hombres de la Jefatura de la Guarnición. Era Jefe de las Armas Maclovio Herrera.

La esposa de uno de los fusilados llegó a Parral, mandó sacar los cuerpos, los vio mucho rato, luego ordenó cajas para los tres, monumentos para los tres, y mandó que cerraran las tres tumbas con una reja de hierro.

El camposantero, Juanito Amparán, dijo que aquellos señores habían tenido suerte.

Las águilas verdes

Perfecto Olivas, *El Guachi*, salió de Parral a Santa Bárbara. Adán Galindo mandaba la escolta. Se acomodaron en el tren; al *Guachi* le tocó en cualquier parte; pero el lugar fue exactamente junto al capitán Galindo. Las gentes conversan en los trenes, se dicen confidencias, parece como si estuvieran más cerca unos de otros. No dijeron nada hasta el momento preciso en que lo tenían que decir. Adán Galindo, el capitán, habló primero. Su voz moduló estas palabras: "Oye, *Guachi*, si eres tan buen tirador, ¿a que no le pegas a aquel viejo que está allí?" Le señaló a un hombre que en aquellos momentos estaba sentado en un basurero. Por toda contestación, Olivas se echó el rifle al hombro y sobre la marcha del tren disparó; como siempre, su bala llegó.

Habló por teléfono Luis Herrera, de Santa Bárbara, y le dijo a Maclovio su hermano que le iba a mandar a Perfecto Olivas en calidad de prisionero, y para que se le juzgara severamente por varios y graves delitos.

Lo fusilaron una tarde fría, de esas tardes en que los pobres recuerdan su desamparo. Le cayó muy bien la cobija de balas que lo durmió para siempre sobre su sarape gris de águilas verdes.

Llegaron las tropas, se formaron frente al panteón. Luego, con paso lento y bien rimado, apareció el reo. Fumaba, vestía de gris y traía la forja metida hasta los ojos. Su aspecto desganado decía a las claras que no le interesaba nada de lo que pasaba.

Llegó Maclovio Herrera montado en un brioso caballo seguido de todo su Estado Mayor. Se paró frente a la gente, en lugar donde pudiera ser mejor visto y oído. Luego, zangoloteando el caballo, dijo: "Este hombre es un bandidoooo... Muere por asesinoooo... Mató a un viejito y se robó a una muchacha". *El Guachi* levantó la mano, quiso hablar pero no le hicieron caso. Insistió y fue inútil. Dijo a gritos: "Un hombre que va a morir tiene derecho de hablar", pero no se lo permitieron. Tiró con fuerza la vieja del cigarro de macuchi, ésta fue a caer sobre el cercado. Extendió su sarape, se levantó la forja, dejó descubierta su frente, parecía como si se fuera a sacar un retrato –las cámaras de los rifles le descompusieron la postura–. Cayó pesadamente sobre su sarape gris de águilas verdes. La tropa se movió; todos volvieron la cara al bulto gris que se quedaba allí tirado, apretando contra el suelo las palabras que no le dejaron decir.

La vieja del cigarro de hoja, allí junto al cercado, se quedó tirada. "Pobrecito –dijo Mamá–, ni su cigarro lo dejaron terminar."

Maclovio, con su Estado Mayor, fue bajando al pueblo por la segunda calle del Rayo. La mujer del muerto aprisionaba, llorando, los últimos centavos que el prisionero le dio; Felipa Madriles dijo "que se los iba a comer de pan con sus hijos".

Las tarjetas de Martín López

Martín López tenía una colección de tarjetas. En todas las esquinas se ponía a besarlas, por eso lloraba y se emborrachaba. Martín López era general villista, tenía los ojos azules y el cuerpo flaco. Se metía en las cantinas, se iba por media calle, se detenía en las puertas, siempre con los retratos en la mano; adormecido de dolor recitaba una historia dorada de balas. "Mi hermano, aquí está mi hermano, mírelo usted, señora, éste es mi hermano Pablo López, lo acaban de fusilar en Chihuahua, aquí está cuando salió de la Penitenciaria, está vendado de una pierna porque salió herido en Columbus —enseñaba la primera tarjeta temblándole la mano flaca y los ojos azules—; aquí lo tiene frente al paredón, tiene un puro en la boca, véalo, señora, sus muletas parecen quebrarse de un momento a otro. BALA TIZNADA, PESADA COMO LOS GRINGOS. Si mi hermano Pablito no hubiera estado herido, no lo hubieran agarrado." Y se le salían los mocos y las lágrimas, él se limpiaba con la manga mugrosa del chaquetín verde, falto de botones. Seguía enseñando la herencia, así la llamaba él. "Aquí lo tiene usted con el cigarro en la mano, está hablando a la tropa, mi hermano era muy hombre, ¿no lo ve cómo se ríe? Yo tengo que morir como él, él me ha enseñado cómo deben morir los villistas. En éste ya va a recibir la descarga, ¡cuánta gente hay viendo morir a mi hermano! Mire usted, señora, mire, aquí ya está muerto. ¿Cuándo me moriré para morir como él?" —decía dándose cabezazos contra las paredes—. "Mi hermano terminó como los hombres, sin vender las veredas de los jefes allá en la sierra. ¡Viva Pablo López!" "¿Sabe lo que hizo? —decía con voz de confidencia—. Pues pidió desayuno, ¡ay qué Pablito!" —exclamaba riéndose como un niño—. "¿Sabe otra cosa?, pues mandó retirar a un gringo que estaba entre la multitud, dijo que no quería morir enfrente de un perro. ¡Pablo López! –gritaba Martín calle arriba, dando tropiezos con sus pies dormidos de alcohol–. ¡Pablo López! ¡Pablo López!"

Una tarde medio nublada, Mamá me dijo que ya venían los carrancistas, ya casi todos los villistas habían evacuado la plaza; de pronto apareció por la esquina un jinete medio doblado en su caballo; muy despacito siguió por la calle en dirección al mesón de Jesús; al pasar frente a la casa lo vi, sus ojos parecían dos charcos de agua sucia, no era feo, tenía la cara del hombre mecido por la suerte; casi cayéndose del caballo se perdió en el fondo de la calle. Mamá dijo: "Martín López, no vayas a caer prisionero, las bendiciones de tu madre te cuidarán".

III
En el fuego

El sueño de *El Siete*

Dijo que nunca se había visto tan desamparado como en León de los Aldamas. Una mujer del pueblo le enseñó el camino. Contó que las gentes les daban las salidas más seguras y muchos salvaron su vida.

A *El Peet*, desde que entraron al combate de Celaya ya no lo vio. Cheché Barrón le había dicho que estaba herido, le habían dado dos balazos, estaba clareado de las piernas, la bala de la espalda había sido terrible. "Seguro que no encuentras a tu hermano", le dijo Barrón.

El Ratoncito, un caballo adorable, lo acompañaba. Él era un muchachito muy malo y demasiado consentido; no sintió tristeza al saber las heridas de *El Peet*, pero al verse solo, la noche de León, sí recordó la casa y a Mamá; dice que no lloró; no debe haber llorado, él era malo, pero *El Ratoncito* tenía luz en los ojos, y era un compañero.

El Peet siempre fue mejor, no tenía padres, era su primo. Cuando fue al combate de Celaya, tenía diecisiete años y sólo lo hizo para cuidarlo. Él no era soldado ni quería serlo, éste fue su único combate y salió herido. El joven de los sietes, entre risas graciosas, contó a Mamá que cuando se vio sin compañeros creyó en Dios. Ya en despoblado, entre unos árboles, se sentó a pensar; estaba tan cansado que se fue quedando dormido sin sentir. El caballo se lo había amarrado de una mano; dijo que cuando él estaba soñando que *El Ratoncito* tenía alas y volaban juntos, oyó un grito que era la voz de Villa, que decía: "Hijo, levántate". Dice que lo oyó tan bien, que abrió los ojos en el preciso momento que Villa le volvió a decir: "Despierta, hijo, ¿dónde está tu caballo?" Riéndose, Villa, junto con los hombres que le acompañaban, vio cómo el chamaco, rápido, saltó sobre su mano derecha y señaló su caballo. Esto no lo olvida él. Fue el único momento feliz de su vida, porque oyó la voz del general Villa. "Me recompensó Dios –decía cerrando los ojos–, oí a Tata Pancho."

Los heridos de Pancho Villa

En la falda del cerro de La Cruz, por el lado de la Peña Pobre, está la casa de Emilio Arroyo; Villa la había hecho hospital. Allí estaban los heridos de Torreón, con las barrigas, las piernas, los brazos clareados. Villa en esos momentos era dueño de Parral; siempre fue dueño de Parral. Tenía muchos heridos, nadie quería curarlos. Mamá habló con las monjitas del Hospital de Jesús y consiguió ir a curar a los más graves; así fueron llegando señoras y señoritas; había muchos salones llenos de heridos, los más acostados en catres que se habían avanzado de los hoteles de Torreón.

Mamá me dijo que le detuviera una bandejita, ya iba a curar; horita le tocó un muslo; apestaba la herida; la exprimía y le salían ríos de pus; el hombre temblaba y le sudaba la frente; Mamá dijo que hasta que no le saliera sangre no lo dejaba; salió la sangre y luego le pusieron un algodón mojado en un frasco y lo vendaron. Vino una cabeza, una quijada, como seis piernas más, y luego un chapo que tenía un balazo en una costilla, este hombre hablaba mucho; un vientre grave de un exgeneral que no abría los ojos; otro clareado en las asentaderas; curó catorce, yo le detuve la bandeja. Mamá era muy condolida de la gente que sufría.

Un día oímos hablar a los heridos acerca de Luis Herrera: "Ese desgraciado qué bien murió; lo tenían acostado en el hotel Iberia de Torreón, llegamos y lo envolvimos en una colchoneta y lo echamos por la ventana, se llevó un costalazo; qué risa nos dio; le dimos un balazo en el mero corazón; después lo colgamos; le pusimos un retrato de Carranza en la braqueta y un puño de billetes carrancistas en la mano". "Si hubiera tenido con qué sacarle un retrato –dijo un alto de ojos verdes–, lo habría puesto en un aparador para que lo vieran sus parientes, que viven aquí." "Tenía el desgraciado la cara espavorida, como viendo al diablo. ¡Qué feo estaba!", decían tosiendo de risa.

La noticia del día era que el general le había dado una trompada a Baudelio, porque éste había fusilado a unos que no quería que matara. Cada día se comentaba algo: "Los villistas triunfan, ¿por qué siguen en Parral y no se mueven? ¿Por qué no pueden avanzar más?"

Esa tarde todos hablaban en secreto. Fue llegando la noche, se movían las gentes con el solo pensamiento de que los carrancistas llegaban, Pancho Murguía y todos los demás. En la mañana, el general ya se había ido; quedaban los soldados que siempre salen a lo último y, eso sí, muchos heridos, a muy pocos se pudieron llevar, quedaban los más graves.

Mamá en persona habló con el Presidente Municipal y pidió, suplicó, imploró; si estas palabras no son bastantes para dar una idea, diré que Mamá, llorando por la suerte que les esperaba a los heridos, anduvo personalmente hasta pagando gente para que le ayudaran a salvar a aquellos hombres trasladándolos al Hospital de Jesús, de las monjitas de Parral. El Presidente le dijo a Mamá que se metía a salvar unos bandidos, ella dijo que no sabía quiénes eran. "En este momento no son ni hombres", contestó Mamá. Al fin le dieron unas carretillas y se pudieron llevar a los heridos al hospital; en tres horas se hizo el trabajo. Mamá se fue muy cansada a la casa.

Llegaron los carrancistas como al mediodía; luego luego comenzaron a entregar gente. A los heridos los sacaron del hospital, furiosos de no haberlos encontrado en la casa de Emilio Arroyo; con las monjitas no podían matarlos así nomás y los llevaron a la estación, los metieron en un carro de ésos como para caballos, hechos bola; estaban algunos de ellos muy graves. Yo vi cuando un oficial alto, de ojos azules, subió al carro y dijo: "Aquí está el hermano del general –quién sabe cómo lo nombró–, aquí entre éstos", y les daba patadas a los que estaban a la entrada; otros nada más les daban aventones; otros, para poder caminar por en medio de los heridos que estaban tirados, los hacían a un lado con los pies, casi siempre con bastante desprecio. Ellos decían que aquellos hombres eran unos bandidos, nosotros sabíamos que eran hombres del Norte, valientes que no podían moverse porque sus heridas no los dejaban. Yo sentía un orgullo muy adentro porque Mamá había salvado a aquellos hombres. Cuando los veía tomar agua que yo les llevaba, me sentía feliz de poder ser útil en algo. Mamá le preguntó al oficial qué iban a hacer con aquellos hombres. "Los quemaremos con chapopote al salir de aquí, y volaremos el carro", dijo chocantemente el oficial.

Mamá tuvo que ir a la estación, ellos querían saber por qué los había llevado al hospital. Mamá contestó lo de siempre: "Ellos eran heridos, estaban graves y necesitaban cuidados". Contestó que no conocía a nadie, ni al general –sabían que ella estaba mintiendo y la dejaron.

Los heridos se estuvieron muriendo de hambre y de falta de curaciones. Casi no dejaban ni que se les diera agua. Todas las noches pasaba una linternita y un grupo de hombres que cargaban un muerto por toda la calle se iban; la luz de la linterna hacía un movimiento rítmico de piernas. Silencio, mugre y hambre. Un herido villista, que pasaba meciéndose en la luz de una linterna, que se alargaba y se encogía. Los hombres que los llevaban allí los dejaban tirados afuera del camposanto.

Los tres meses de Gloriecita

Habían sitiado Parral; Villa defendía la plaza. Regados en los cerros, los soldados resistían el ataque. Los rumores: "Matan. Saquean. Se roban las mujeres. Queman las casas..." El pueblo ayudaba a Villa. Le mandaba cajones de pan a los cerros, café, ropas, vendas, parque, pistolas, rifles de todas marcas. Las gentes con su vida querían evitar que entraran los bandidos.

El ataque se hizo fuerte del lado del camposanto, del cerro de la Mesa y del cerro Blanco. Venían del valle de Allende, pueblo que dejaron destrozado. Una tarde bajaron por la calle Segunda del Rayo unos hombres guerreros; eran Villa y sus muchachos. Vestían traje amarillo. Traían la cara renegrida por la pólvora. Se detuvieron frente a la casa de don Vicente Zepeda; salió Carolina con un rifle (con el que ella tiraba los 16 de septiembre). Se lo entregó a Villa, él se tocó el sombrero. El rifle quedó colgado en la cabeza de la silla, y la comitiva siguió adelante.

A las diez de la noche la balacera fue más fuerte. Pasaron parvadas de villistas gritando: "¡Viva Villa!" Otro rato largo, los enemigos entraban. Parecía que la calle fuera a explotar. Por las banquetas pasaban a caballo, tirando balazos, gritando. Comenzó el saqueo. Mamá contaba que al oír los culatazos de los rifles pegando en las puertas, les gritó que no tiraran, que ya iba a abrir. Decía que había sentido bastante miedo. Entraron unos hombres altos, con los tres días de combate pintados en su cara y llevando el rifle en la mano. Ella corrió desesperada a donde estaba Gloriecita, que tenía tres meses. Al verla con su muchachita abrazada, se la quitaron besándola, haciéndole cariños; se quedaron encantados al verla, decían que parecía borlita. Se la pasaban con una mano y la besaban. Los ojitos azules de Gloriecita estaban abiertos y no lloraba. Se le cayó la gorrita, los pañales, quedándose en corpiño, pero parecía que estaba encantada en las manos de aquellos hombres. Mamá esperó. Uno de ellos, llamado Chon Villescas, levantó una mantilla, se la puso a la niña, y se la entregó. Se fueron saliendo de la casa. Muy contentos se despidieron. Dieron la contraseña para que otros no vinieran a molestar. Iban gritando que muriera Villa y tirando balazos para el cielo.

Mi hermano y su baraja

Lo aprehendieron con mucho misterio. Mamá se fue a hablar con el Jefe de las Armas, que estaba furioso, tan alto y colorado, tenía cara de luna llena. Gritaba con toda su alma, echaba fuego por los ojos, se paseaba de un lado a otro y nada más decía: "Fusílenlos luego luego; fusílenlos luego luego", y firmaba.

Estaba mandando matar a muchos, muchos, muchos, muchísimos. Mamá se quedó tan asustada que se fue corriendo hasta la estación para hablar con Catarino. En esos días se habían reconcentrado las tropas en Parral, más bien en la estación era donde estaba la mayor parte de la gente. Aquello era un hormiguero, Mamá buscaba el carro de Catarino; en pedazos se ponía a correr. "Virgen del Socorro, cuídame a mi hijo", decía ella sudándole la frente. "¿Me podía decir dónde está el carro de Catarino Acosta?", preguntó ansiosa a un hombre que tenía estrellas en el sombrero. Él no dijo nada, señaló unos carros que estaban como quien va para el tinaco. Mamá echó a correr, pero ya los habían removido. Luego otros hombres dijeron que estaba entre los carros que iban a salir ya. "Me voy al cuartel general, porque me fusilan a mi hijo. Virgen del Socorro, mi hijo", decía Mamá hablando con ella misma. Corrió en dirección a la sala de espera, que era por donde se podía salir; había tanta gente a caballo, todos con las armas en la mano; yo iba detrás de ella y a veces podía trotar a su lado, ella no me agarró ni una sola vez de la mano, a veces me agarraba de su falda, pero ella, en su nerviosidad, me aventaba la mano, parecía que yo le atrasaba el paso y ni siquiera volteaba a verme. Al llegar al patio frente de la sala y tratar de atravesar, un hombre alto, de grandes mitasas, se paseaba gritando mucho. Echándole a un hombre de a caballo que parecía general, estaba rodeado de un Estado Mayor. El de las mitasas altas era el más enojado y también tenía a su lado muchos hombres con los rifles en la mano, que nada más lo oían. No recuerdo exactamente la palabra que dijo, pero instantáneamente los de a caballo sacaron sus pistolas y las devolvieron como diciendo: no pudimos madrugarles. Los de a pie bajaron sus rifles al suelo; jamás he podido olvidar el sonido que hicieron los rifles al prepararse, la rapidez y las caras temibles de los de a pie, hechas decisión, la expresión de los montados tratando de tirar primero.

Ya estaba Mamá hablando con el Jefe de las Armas. "Un telegrama al general, ¿lo pongo en el acto?" "¿Cómo sabe usted dónde está Villa?", dijo. "Nadie lo sabe, ni nosotros que somos villistas." Mamá no lloraba ni había preguntado por qué tenían a mi hermanito. "Su hijo sabe dónde está Perfecto Ruacho; nosotros necesitamos encontrar a Perfecto Ruacho; su hijo lo ayudó para escaparse. Sí, señora, y lo fue a encaminar hasta Las Ánimas." Mamá pidió ver a su hijo y se puso a platicar con él. Había unas lonas bastante sucias tiradas, que formaban una torre de mugre. Allí se puso a hablarle, y cada vez que salía una escolta llevando hombres para fusilar, Mamá tapaba con las lonas a su hijo y se quedaba ingrávida, como haciendo un esfuerzo para contener sus lágrimas. Aquello era un reborujo; entraban y salían, gritaban, hacían, discutían y siempre lo mismo: "fusílenlos, fusílenlos..."

Mientras Mamá estuvo allí junto de las lonas vimos salir montones de hombres. En eso entró *El Chapo* Marcelino y se escandalizó de ver a Mamá allí. Formó una gritería en preguntas y se metió en el acto a hablar con el jefe. Salió con un papel en la mano y se lo enseñó a Mamá y le dijo: "Está segura, yo mismo lo voy a llevar". Entonces fue cuando Mamá se puso la mano en los ojos, me buscó con la otra mano y así salió jalándome, yo no sabía nada y no perdía de vista al *Chapo* y a mi hermano. En la calle Mamá se limpió los ojos y me dijo con una voz muy dulce: "Ya no van a matar a tu hermano, vamos al templo". Entramos con la Virgen de la Soledad, una iglesia que está en San Juan de Dios.

Ya íbamos casi frente a la Sonora News, por la calle de Mercaderes, cuando oímos la marcha de una escolta; Mamá se detuvo para ver a los que llevaban, y "4, 8, y 4, 12", decía Mamá ansiosa, "28. ¿Cómo es posible, pobrecitos muchachos". "Es el de las mitasas altas, el hombre de la estación allí va adelante", dije con un chillido maravilloso y apuntando exactamente con el índice. "Sí, hija, sí hija –decía Mamá sosegando mis nervios infantiles–, ya sabía yo que los iban a matar –decía Mamá hablando con ella misma, parada en la banqueta–, puros hombres de Durango están muriendo, paisanos de nosotros." No quiso ir por las mismas calles por donde llevaban a los paisanos y torcimos por el puente de San Nicolás, pasando por frente al Hospital de Jesús.

Llegamos a la casa, *El Chapo* Marcelino ya había estado allí y se había llevado unas cobijas y unos cojines para mi hermano.

Mamá tomó café con aguardiente y corrió a la cárcel. En la noche dijo que apenas había dormido; amaneciendo se fue a la cárcel. "Me parecía que ya no lo encontraba" –decía con lágrimas en los ojos. A los dos días hizo una bolsa de dinero, una reliquia grande, y se fue para embarcar a su hijo. Ella volvió sola. Una vez él volvió. Vino a México con la misma cara que se llevó, exactamente la misma expresión. No dijo nada acerca de Mamá. Se puso a mover una baraja que traía en la mano. El siete de espadas, el siete de oros, su obsesión. Ahora, ¿dónde está?

Sus cartucheras

"Nosotros nos hicimos carrancistas esta mañana", dijo Manuel. *El Siete* le contestó que por qué al llegar la gente había gritado todavía en la calle de San Francisco que viviera Villa. "No sé", contestó el capitán Gándara.

Al mediodía llegó el joven soldado, traía la cara más aventurera que nunca; el aspecto de los que comienzan a volverse traviesos y malos. Acababa de llegar de Chihuahua. Manuel tenía unas horas de estar en Parral, estaba parado en medio de un cuarto lleno de luz. *El Siete*, con su cara ancha, tranquila, haciendo una sonrisita sin miedo, que luego era fría, se metió en otro cuarto, se levantó el saco y gritó: "Mira lo que les vamos a llevar a la sierra". Traía forrado el cuerpo de cartucheras, estaba agresivo. Comieron juntos. El muchacho nomás estaba tanteando, no se quitó ni un momento las cartucheras. Traía una pistola que le llegaba hasta las rodillas. Dijo que se la había regalado José Rodríguez. "¿Sabes que le caí gracioso porque me vio que dos veces me tiraron la bandera de la mano, el otro día? Yo iba a agarrarla de nuevo, pero tata Pancho no me dejó." Hablaba a Manuel con voz descarada y le trataba de incrustar las palabras en el pecho, como si fueran plomo. Manuel jugaba con una tira de papel (siempre hacía barquitos después de comer). "Tenemos mucho parque, ríos de cartuchos para almorzárnoslos a ustedes", le dijo sin haberse quitado el sombrero ni la mano de la cintura. Demostraba grandes deseos de almorzarse a Manuel. Pero en eso llegó un hombre de cara tostada, se detuvo enfrente, montado en un caballo; no dijo palabra. *El Siete* sacó al suyo ensillado. "Nos vemos o nos tenemos que ver", algo así habló al salir. Manuel se vistió de civil. "Va a venir aquél, le dan mi rifle y mi pistola", dijo desde la puerta, echándole una mirada al barquito de papel caído debajo de la mesa.

En la guerra, los jóvenes no perdonan; tiran a matar y casi siempre hacen blanco. Manuel se rindió sin alardes, su barco de papel también se cayó.

El cigarro de Samuel

Samuel Tamayo le tenía mucha vergüenza a la gente. No lo hacían comer delante de nadie. Cuando hablaba, se ponía encendido, bajaba los ojos y se miraba los pies y las manos. No hablaba. Cuenta Betita que siempre se iba a comer a la cocina. El general Villa no lograba hacer que se le quitara la timidez. "Entre hombres no es así –le decía el general a Betita–; si lo vieras, hijita, pelea como un verdadero soldado. Yo quiero tanto a Samuel; cuando andábamos en la sierra, cuando cruzamos Mapimí, muertos de hambre y de sed, este muchacho, hijita, tan vergonzoso como tú lo miras, venía y me daba pedacitos de tortilla dura que me guardaba en los tientos de su silla. Me cuidaba como si fuera yo su padre. Mucho quiero a Samuel. Por eso te lo encargo."

Un día Samuel, aquel muchacho tímido, se quedó dormido dentro de un automóvil; Villa y Trillo también se quedaron allí, dormidos para siempre. Cosidos a balazos. Samuel iba en el asiento de atrás, ni siquiera cambió de postura. El rifle entre las piernas, el cigarro en la mano, sólo ladeó la cabeza.

Yo creo que a él le dio mucho gusto morir, ya no volvería a tener vergüenza. No sufriría más frente a la gente. Abrazó las balas y las retuvo. Así lo hubiera hecho con una novia. El cigarro siguió encendido entre sus dedos vacíos de vida.

Las balas de José

–José Borrego era del distrito de Indé. De por ahí de Cerro Gordo. ¡Qué hombre! ¡Qué valiente! –exclama Salvador Barreno, seguro de lo que dice.

–En mi larga vida de soldado entre los villistas, donde se miraban hombres verdaderos y valientes, no vi cosa igual. José Borrego sabía pelear él solo. ¡Ah, qué bárbaro era! Él enseñó a muchos las mañas de la guerra, entre los hombres de a caballo y de a pie. Nos decía: "No saquen la cabeza, muchachos; no se buyguen y tiren a la cabeza de los changos. Son las mejores balas. No se duerman, no se cansen, no ven que todo es querer y las cosas suceden. Siempre un hombre puede pelear con muchos, pero acuérdense, a la cabeza hay que tirar".

"¿No miraron cómo me agarré, en las cuevas, con *El Cagarruta* y sus hombres? ¿Me hicieron algo? ¿Por qué? Pos porque yo tiro a la cabeza. Sigo a mis ojos hasta ver el polvito. No me buygo cuando estoy cazando."

Aquel guerrero de la sierra se cansó de dar consejos; cuenta Salvador que un día le llegó una bala de ésas que rompen las técnicas mejores y entonces José, aquel José admirado y querido, no se movió y siguió a sus ojos –como él decía–, nada más que el polvito le cubrió la cara en esta ocasión, ya no lo pudo ver.

El milagro de Julio

La Virgen del Rayo se estremeció de dolor, las estrellas de su enagua casi se desprendieron. Brilló tanto aquel momento, que por eso se ha quedado en la mente de todos.

Julio nos dijo, cuentan sus compañeros: "Ahí donde ven yo no quiero pelear. No por miedo. Miedo no tengo. La guerra entre nosotros es lo que me da tristeza. ¡Por vida de Dios, mejor quisiera ser chiquito!", exclamó riendo. Julio Reyes siempre se reía. Era un joven del color del trigo. Sus ojos cafés eran amables, parecían de un hombre bueno. Cuando pasaba por enfrente, platicaba con Mamá; allá toda la gente platica y se conoce. "Julio –le decía Mamá–, ay vienen los villistas, córrele, córrele."

Los hombres que estaban arriba de la iglesia del Rayo ya se habían parapetado en espera del enemigo. Los enemigos eran los primos, los hermanos y amigos. Unos gritaban que viviera un general, y otros decían que viviera el contrario, por eso eran enemigos y se mataban.

Julio creía en la Virgen del Rayo, por eso ella oyó su deseo. "Volverme chiquito", había dicho él.

Bajaron para comprar cigarros y pan, entre ellos iba Julio; sus rizos rubios despeinados le darían el aspecto de un niño que juega con la tierra en el mero sol.

El combate estaba fuerte, tuvieron que ir agazapándose en las esquinas, parecían papeles que se llevaba el viento. Al volver a la iglesia todos entraron corriendo, Julio fue el último. Apenas pudo llegar; ya iba herido. Se recargó en la puerta por dentro. Cuando lo buscaron, el milagro se había hecho. Julio estaba quemado. Su cuerpo se volvió chiquito. Ahora era ya otra vez un niño.

Él se lo había pedido a la Virgen. Ella le mandó una estrella de las de su vestido. La estrella lo abrasó.

Lo enterraron en una caja chiquita. Los hombres que lo llevaron al camposanto lo iban meciendo al ritmo de sus pasos.

Las sandías

Mamá dijo que aquel día empezó el sol a quemar desde temprana hora. Ella iba para Juárez. Los soles del Norte son fuertes, lo dicen las caras curtidas y quebradas de sus hombres. Una columna de jinetes avanzaba por aquellos llanos. Entre Chihuahua y Juárez no había agua; ellos tenían sed, se fueron acercando a la vía. El tren que viene de México a Juárez carga sandías en Santa Rosalía; el general Villa lo supo y se lo dijo a sus hombres; iban a detenerlo; tenían sed, necesitaban las sandías. Así fue como llegaron hasta la vía y, al grito de ¡Viva Villa!, detuvieron los convoyes. Villa les gritó a sus muchachos: "Bajen hasta la última sandilla, y que se vaya el tren". Todo el pasaje se quedó sorprendido al saber que aquellos hombres no querían otra cosa.

La marcha siguió, yo creo que la cola del tren, con sus pequeños balanceos, se hizo un punto en el desierto. Los villistas se quedarían muy contentos, cada uno abrazaba su sandía.

Las rayadas

Allá en la calle Segunda, Severo me relata, entre risas, su tragedia:

–Pues verás, Nellie, cómo por causa del general Villa me convertí en panadero. Estábamos otros muchachos y yo platicando en la puerta de la casa de uno de ellos. Hacía unos momentos que el fuego había cesado. Los villistas estaban dentro de la plaza. De repente vimos que se paró un hombre a caballo frente de la puerta, luego nos saludó diciendo: "¿Qui-húbole muchachos, aquí es panadería?" Nosotros le contestamos el saludo y le conocimos la voz; al abrir la hoja de la puerta, le dio un rayo de luz sobre la cara y vimos que efectivamente era el general Villa. Estaba enteramente solo en toda la calle del Ojito. Nosotros, que sabíamos que ya no era panadería, no le pudimos decir que no era, porque no pudimos; todo en aquellos momentos era sospechoso. Lo único que había de panadería era el rótulo. Los otros muchachos eran músicos como yo, y sastres. Muy contentos le contestamos que sí, que en qué podíamos servirle.

–¿Qué necesitan para hacerme un poco de pan para mis muchachos?

–Harina y dulce, general.

–Bueno, pues voy a mandársela –dijo desapareciendo al galope. Nosotros nos quedamos muy apurados.

–Ahora, ¿qué hacemos? –nos decíamos yendo de un lado para otro–. ¿Qué hacemos? Pues vamos a llamar a Chema, siquiera él sabe hacer rayadas y entre todos haremos aunque sea rayadas para el general –les dije yo muerto de risa y de miedo.

"Trajeron la harina y el dulce. Chema llegó corriendo. Prendimos los hornos abandonados. Nos remangamos y ahí estamos haciéndola de panaderos.

"Salieron las primeras rayadas; las habíamos hecho de a medio kilo, las empacamos en unos costales y les dije: 'Bueno, vayan al cuartel y llévenselas al general para ver si le gustan como están saliendo'."

Dicen que cuando el general vio los costales se puso contento y agarró una rayada, la olió, y riéndose se la metió en el hueco de la mitasa y dijo: "¡Qué buenas rayadas!, síganlas haciendo así".

Nunca supo el general que nosotros no éramos panaderos, todos nos sentimos contentos de haberle sido útiles en algo.

La voz del general

Metálica y desparramada. Sus gritos fuertes, claros, a veces parejos y vibrantes. Su voz se podía oír a gran distancia, sus pulmones parecían de acero. Severo me lo dice: "Fue en San Alberto, junto a Parral". Severo había salido en los momentos del combate para ir a ver a su novia; pero como él era civil podían tomarlo por espía; eso lo pensó hasta que llegó a San Alberto, lugar a donde estaba el general Villa acompañado de unos quinientos hombres. Severo se fue a la casa de su novia; para evitar sospechas le dijeron que se pusiera a partir leña en el patio de la casa. Villa se dio cuenta de que aquel joven no era de allí. Lo estuvo viendo, y luego paso a paso se acercó y le dijo: "Oye, hijo, ¿qué dejaste de nuevo en Parral? Tú acabas de llegar". Severo, bastante sorprendido, le contestó rápido: "Sí, general, vengo de Parral y dejé a los villistas agarrados en las zanjas. Yo pasé como pude, y con bastante trabajo, porque el tiroteo era muy fuerte y los muchachos estaban muy apurados".

Los soldados de Villa tenían la orden dada por el general de no acercarse para nada a las puertas de las casas, ni tan siquiera a pedir agua. Casi todos estaban tendidos a lo largo en un cercado, en los llanos próximos, ya habían puesto sus lumbres y charrascaban carne.

Villa, al oír lo que le dijo Severo, instantáneamente le pegó un grito a sus hombres. Un grito de aquellos que él usaba para los combates: vibrantes, claros, que estremecían: "Hay que irnos a auxiliar a los muchachos, están apurados, los changos están sobre ellos. Vámonos".

Dice Severo que aquel hervidero de gente, al oír la voz de su jefe, se paró como un solo hombre, dejando todo abandonado, sin probar bocado; que corrieron derechos a sus caballos, y que en un abrir y cerrar de ojos ya nada más habían dejado la polvareda.

"Los villistas eran un solo hombre. La voz de Villa sabía unir a los pueblos. Un solo grito era bastante para formar su caballería." Así dijo Severo, reteniendo en sus oídos la voz del general Villa.

Las lágrimas del general Villa

Fue allí, en el cuartel de Jesús, en la primera calle del Rayo. Lo vio mi tío; él se lo contó a Mamá y lo cuenta cada vez que quiere:

Aquella vez reunió a todos los hombres de Pilar de Conchos. Éstos se habían venido a esconder a Parral. Los concheños estaban temerosos y se miraban como despidiéndose de la vida. Los formaron en el zaguán del cuartel. Entró Villa y, encarándose con ellos, les dijo: "¿Qué les ha hecho Pancho Villa a los concheños para que anden juyéndole? ¿Por qué le corren a Pancho Villa? ¿Por qué le hacen la guerra, si él nunca los ha atacado? ¿Qué temen de él? Aquí está Pancho Villa, acúsenme, pueden hacerlo, pues los juzgo hombres, los concheños son hombres completos".

Nadie se atrevió a hablar. "Digan, muchachos, hablen", les decía Villa. Uno de ellos dijo que le habían dicho que el general venía muy diferente ahora. Que ya no era como antes. Que estaba cambiado con ellos. Villa contestó: "Conchos, no tienen por qué temerle a Villa, allí nunca me han hecho nada, por eso les doy esta oportunidad; vuélvanse a sus tierras, trabajen tranquilos. Ustedes son hombres que labran la tierra y son respetados por mí. Jamás le he hecho nada a Conchos, porque sé que allí se trabaja. Váyanse, no vuelvan a echarle balazos a Villa ni le tengan miedo, aunque les digan lo que sea. Pancho Villa respeta a los concheños porque son hombres y porque son labradores de la tierra".

Todos quedaron azorados, pues no esperaban aquellas palabras. A Villa se le salieron las lágrimas y salió bajándose la forja hasta los ojos. Los concheños nada más se miraban sin salir de su asombro. Yo sé que mi tío también se admiró, por eso no olvida las palabras del general, y tampoco se olvida de las lágrimas.

El sombrero

Pepita Chacón, entre risas amables, recordó que en su casa cayó una vez nada menos que el general Villa, cuando un grupo de jóvenes estaba allí comiendo. Eran los elegantes del pueblo, sus piernas cruzadas por debajo de la mesa se mecerían rítmicamente, y sus barrigas infladas se entregarían a los horrores digestivos. Nadie supo cuándo ni cómo apareció ante ellos el general; cuando lo vieron ya estaba allí. "Buenas, muchachitos", dijo sonriendo y acercándose a ellos. "¿Conque comiendo, eh?, miren nomás, muchísimos hermanos de raza ya quisieran tener una gorda de la quebrada, y ustedes, hasta vino toman y chupan sus buenos cigarritos." Cuentan que nadie le contestó y que había algunos que se pusieron pálidos pálidos. Estaban como piedras; un solo movimiento –pensaban ellos– les hubiera costado la vida. El general buscó una silla y se sentó. Luego se echó atrás y se recargó en la pared.

"¿Cuántos de ustedes se tendrán que morir?", les dijo fijando en todos sus miradas y buscando entre sus ropas algo. Al fin sacó un cigarro de macuchi, se puso a torcerlo. "Miren nomás", les dijo sin mirarlos. "Cuando Huerta el pelón me tuvo encerrado en México, me enseñé a chupar. Yo no era vicioso, pero ya ahora me chupo mis cigarritos", y sin preocuparse seguía tuerce y tuerce su cigarro. De pronto, se les quedó mirando uno a uno y les dijo:

"¿Cuántos de ustedes les habrán echado balazos a mis muchachos? Porque todos ustedes han sido de la Defensa Social, yo lo sé." Lentamente volvió a bajar los ojos a su cigarro.

Hasta ese momento, ninguno de los elegantes, los curritos, como él les decía, había dicho media palabra. Luego, levantando la voz, les dijo: "Los Terrazas no me han querido, quisieran que yo me muriera; pero yo no me muero. Muy por el contrario, me levanto temprano, y ya cuando mis muchachitos tocan diana, yo ando viendo a ver cómo andan y qué les falta. Me bebo mi tacita de atole y mis gorditas. ¡Qué me voy a morir!", exclamó con alegría. Y al mismo momento que encendía su cigarro, se quedó mirando a uno de aquellos hombres. Lentamente le dijo: "Oiga, amigo, ¿usted es aquel que me enseñó un sombrero en la tienda de Guillermo Baca, allá en Parral?" El aludido apenas meneó la cabeza diciendo que sí. "¿Se acuerda que su patrón no me lo quería enseñar? No creía que yo me lo mercaba. Ese sombrero lo perdí en un agarrón que me di con los de la Acordada. Los malditos *rurales* que no me querían, al igual que los curros, pos cuándo me van a poder ver, nomás pueden y me echan balazos. El día que mis muchachos les jurten a las hermanas, entonces sí van a querer a los villistas; pero a mis muchachitos no les gustan las curras", dijo levantándose muy despacio y poco a poco, avanzando en dirección al zaguán, y a la vez que sonriendo, les decía: "Bueno, pues ya los saludé, ya hablamos, ya nos veremos otra vez. Y cuiden de no andar noche en la calle, porque yo no respondo".

Luego le dijo a Pepita que apagara las luces del corredor y del zaguán para poder salir.

Apenas se fue, y todos adquirieron sus movimientos.

—Hombre, qué buen susto nos ha dado —se decían—, yo creía que buscaba a uno de nosotros, decía alguno.

—Yo ni lo hubiera imaginado —exclamaba otro—. Quién iba a decir que de pronto aparecería aquí.

Y así, las voces se sucedían, casi danzaban. Uno de ellos preguntó:

—Bueno, oye, ¿y eso del sombrero? Cuéntanos, hombre, ¿qué pasó?

El aludido fue narrando:

—Era el invierno de 1904, entró a la tienda uno de tantos rancheros; se paró frente al mostrador y se quedó mirando un sombrero que estaba colgado acá dentro en lo alto. Después de verlo un buen rato, se dirigió a don Guillermo, que escribía muy entretenido detrás del mostrador, y le dijo: "Quiero que me enseñe ese sombrero". Don Guillermo, sin moverse, le dijo: "No tienes con qué comprarlo", y siguió escribiendo en su máquina sin hacerle caso. El hombre aquel se quedó pensativo un momento y luego le dijo: "Oiga, quiero medirme ese sombrero". Yo, que estaba más cerca del sombrero, se lo descolgué y se lo enseñé. Se lo midió, le quedó muy bien, parecía hecho a su medida. Luego me miró, recuerdo muy bien sus ojos, y dándome dos pesos a cuenta, me dijo que se lo apartara. Días después vino y se lo llevó.

–Qué buena memoria tiene, cómo te reconoció –dijeron los jóvenes elegantes que habían escuchado el relato.

Estos elegantes de panzas infladas y cachetes colgando no olvidan el susto que les dio aquel hombre de guerra.

Un sombrero fusilado por los *rurales* es a veces de más interés que las vidas de algunos hombres, dijo Pepita a Mamá, riéndose de los jóvenes elegantes.

Los vigías

Isaías Álvarez dice: –Una vez dejó el general a unos de los muchachos de vigías en un punto a orillas de la sierra, mientras él iba a sacar dinero a las Cuevas; al volver, don Carmen Delgado le dijo: "Deje que primero llegue yo solo, mi general, por cualquier cosa que pueda pasar". De este modo se adelantó y llegó hasta el lugar donde se habían quedado los que estaban esperando. Poco a poco fue acercando su caballo y que al llegar se paró frente a la puerta. Estos hombres, seguro destanteados de no ver al general, preguntaron "¿Y el general?", don Carmen les contestó: "Ahí viene atrasito".

Don Carmen contaba que él había observado movimientos raros en aquellos muchachos, y que de pronto sólo se le ocurrió decirles: "Regálenme un jarrito de agua". Al traérsela, el mismo que hacía de jefe y otros dos salieron haciéndose los tontos, y que al ir a tomar el agua lo trataron de tumbar del caballo agarrándose uno de ellos a las bridas de éste. Rápidamente don Carmen les echó la bestia encima y en el mismo momento salieron disparos de dentro de la casa, hiriendo a Delgado y matando a los dos muchachos que lo acompañaban. Al parar de manos el caballo, don Carmen le dio la vuelta y corrió por el desierto, frente a los que habían preparado la emboscada para matar al general. Le estuvieron haciendo fuego, pero como el caballo era muy bueno, lo llevó haciendo culebrilla hasta desaparecer. Los muchachos que habían quedado allí muertos llevaban en las cantinas algún dinero en oro. Don Carmen traía en las suyas como cien mil pesos en billetes dólares.

Al llegar ante su jefe, lo informó de lo que había pasado y sólo le dijo el general: "¿Pues cómo se las olió usted, don Carmen?"

Los dos Pablos

Pablo Siáñez tenía todos los dientes de oro –se los había tumbado de un balazo Margarito Ortiz (a Margarito Ortiz le decían *El Chueco*)–, lo fusilaron en Torreón; por cierto que ya en el paredón pidió que le concedieran darle una fumada a un cigarro que le prestaron; luego, lleno de risa, se puso frente al pelotón diciéndoles: "No quería morir sin antes darle una chupada a un cigarro, nosotros ni cigarros traemos".

Pablito Siáñez había nacido en Cerro Gordo, Durango. Cuentan los que lo trataron que fue un hombre muy valiente. Un día, a la salida del sol, lo ejecutó personalmente el general Villa. Los que vieron la escena dicen que se fue resbalando del caballo para no levantarse más. ¿Por qué lo mataron? Aseguran que se disgustó con el general Villa, que se manoteó con él y que Pablo insultó al general, se hicieron de palabras y, en la discusión, sacaron las pistolas; la más rápida, como hasta entonces –de otro modo no hubiera sido el jefe–, fue la del general Villa.

Pablo Mares murió maromeando su rifle de caballería.

Cuentan que detrás de una peña grande, un día que hacía mucho sol. Su cara era dorada, su frente bien hecha, sus ojos claros, nariz recta y manos cuadradas. Hermoso ejemplar. Sus hijos le habrían agradecido la herencia. Los niños feos y enclenques, pobrecitos, y sus padres también. Los Pablos habrían dado hijos sanos y bien parecidos. Yo creo que Pablo Mares dejó de maromear su rifle y el cuerpo fuerte, el regalo que hacía a la revolución, cayó poco a poco, resbalándose sobre su lado izquierdo; las manos se fueron acostando sobre la peña y se quedaron quietas junto a la tierra, sus ojos claros no se cerraron. Su cara roja se fue muriendo poco a poco. Sus anchas espaldas reposaron ya tranquilas. Toda la sangre, que corría hecha hilos rojos hervidos sobre la roca, pedía perdón por no haber dado hijos fuertes.

Pablo Mares era de nuestra tierra (jamás imaginó que yo le hiciera este verso sin ritmo); conozco su retrato y sé su cara de memoria. Me tuvo en sus brazos –yo era chiquita–, dijo Mamá que me durmió y me cantó. "Fue como un hermano mío; a todos mis hijos los quería como si fueran suyos", afirmó Mamá guardando el retrato de Pablo Mares.

Yo creo que sus brazos se durmieron junto con el rifle después de un canto de balas.

Los oficiales de la Segunda del Rayo

*Cuentan que es verdad que
se aparecen en la calle...*

Estos hombres estaban conformes con su suerte. Su alegría nadie, ni las balas, logró desbaratarla. Ni los desengaños de amor, ni la muerte han podido alejarlos de una calle a donde vienen en las noches.

–Oye, Gándara –decían las chicas bonitas y risueñas–, y Rafael Galán ¿cómo murió?

Gándara contestaba:

–Pues sin darse cuenta. Rafael era así, no se daba cuenta. Era romántico Rafael Galán. Todavía no habíamos llegado a Santa Bárbara, donde fuimos a pelear, cuando cayó con una herida en la frente. –Y luego agregaba como final a su relato–: Estaba tan cansado, su corazón ya no era suyo, lo había dejado aquí en esta calle.

Las muchachas parecía que se entristecían un poquito. "Pobrecito de Rafael", decían, viéndose unas a las otras.

–No era pobrecito, ¡cómo lo iba a ser! Si lo enterramos muy bien –dijo Gándara, y luego empezó la narración exacta del día que tuvo su capitán Galán.

–Una de las avanzadas enemigas, al vernos ir, nos mandó de saludo un balazo. Rafael, era tan fino y amable, lo recibió en la cabeza y se nos murió luego luego.

–Fue tan guapo –aseguraba la voz de una joven de cabellos rubios.

–Sí –dijo el capitán Gándara–, así decían que era, por eso todas las muchachas se enamoraban de él, y a eso se debe que le hiciéramos un entierro tan bonito. Le cruzamos las manos, su cara le quedó más pálida, su pequeño bigote negro, su barba cerrada, su cabello quebrado, su nariz, todo él, estaba mejor de como había sido en vida.

Las jóvenes lloraban. El capitán Gándara siguió narrando:

—Escogimos un campo donde había muchas flores, cavamos la sepultura, lo enredamos en sus cobijas, lo bajamos con cuidado, se nos salieron las lágrimas cuando echamos la tierra.

Las jóvenes sollozaban.

—Cada uno de sus amigos (éramos muchos) le pusimos un ramo de flores sobre su tumba y seguimos hasta Santa Bárbara, tomamos la plaza y murieron otros. Dejamos una guarnición nuestra, y aquí estamos de vuelta. Muy chula muerte tuvo Galán —dijo para finalizar su narración.

—Mataron al *Taralatas.* ¡Pobrecita de su mamá! —seguían diciendo—, pero, ¿cuál era? ¿Aquel alto, medio colorado, que cuando se emborrachaba casi hacía hablar a su caballo frente a las muchachas?

—Sí, hombre; cómo no; siempre pasaba gritando, aquel grito suyo: "Ay, tontas, ya les estoy perdiendo el miedo", y se iba calle arriba.

Lo mataron aquí en Parral, allá por el mesón del Águila. *El Taralatas,* ¿cómo se llamaba? Lo ignoran los recuerdos, *Taralatas* le decían y así murió.

Mataron al Perico Rojas, a Gómez, al Chato Estrada. Fusilaron a los Martínez. Se perdió en el combate Sosita, y así pasaban las noticias de boca en boca. Cada uno tenía una canción preferida y las fueron dejando de herencia a los que las quisieron. Los cantos de aquellos oficiales alegraban la calle, se les veía en las esquinas haciendo una rueda para juntar sus voces, abrazados por los hombros. Desde allí, mandaba cada uno su canción. Muchas señoritas se quedaron solteronas porque ellos se morían gritando en los combates. Ernesto Curiel, José Díaz, El Pagaré, Rafael Galán, *El Taralatas, El Kirilí,* Perico Rojas, Chon Villescas y tantos otros...

Aquella calle tenía muchachas casaderas; los jóvenes oficiales pasaban y pasaban. Miradas amorosas, señas con el pañuelo, y todo el lenguaje que ellos poseían.

Federico Rojas sólo cantaba una canción, la dejó para los pobres:

Cuando el pobre está más
arruinado, ni los de su casa
lo pueden ver.
Es pelado, es plebeyo, es
borracho, trabaja al rendir
y no sabe cumplir.
¡Ah!, qué mancha tan negra es
la pobreza.
Cuando el rico amanece
tomando, todita la gente,
con gusto el señor.
Para el rico no hay cárcel,
no hay pena,
comete una falta,
sale con honor.
¡Ah!, qué mancha tan negra es
la pobreza.
Cuando el pobre las trata de
amores, pelado, atrevido, es
infiel a su amor.
Para el rico no hay cárcel,
no hay pena,
comete una falta,
sale con honor.
¡Ah!, qué mancha tan negra es
la pobreza.
Cuando el rico las trata de
amores. Unas a las otras: me
habló este señor.
Le contestan con orgullo ufano:
Oiga, don Fulano, es suyo mi amor.
¡Ah!, qué mancha tan negra es
la pobreza.

Las muchachas de la Segunda del Rayo se olvidaron de los oficiales y dieron hijos a otros hombres.

Esta canción era la de todos, la cantaban juntando sus voces y haciendo una rueda, enlazaban sus brazos por los hombros:

Uy, uy, uy,
qué feria tenemos,
como todos lo dirán
son Oficiales de veras,
que ya vienen de pelear.
Ay, Teniente, Capitán,
sotol, aguardiente,
viene mi Capitán.
Uy, uy, uy,
ya toca el clarín.
Y nos llama p'al cuartel
ahi vienen ya los muchachos,
ahi viene mi Coronel.
Kirilí, Perico, Rafael, Taralatas
Federico, Federico.
Uy, uy, uy,
qué tontos muchachos,
ya nos vamos a bailar.
Ahi vienen ya los guilanches
no nos vengan a matar.
Capitán, presente.
Mi pistola, mi reloj.
Mi Teniente uy, uy, uy.
No tiren pistolas,
que nos vamos a acostar,
los muchachitos de Villa,
T'amos listos
pa' pelear.

En las noches su canto sigue testereando sobre las puertas, ellos se barajan en la sombra para dejarse ver con la luna; sus cuerpos se alargan, yo creo que quieren parecer fantasmas de cuentos para niños miedosos.

Abelardo Prieto

Abelardo nos decía:
ni me quisiera entregar,
mejor voy y me presento
a Hidalgo del Parral.

Las gargantas de los soldados, más que cantarlas, gritaban las palabras.

Abelardo Prieto, un joven de veinte años, nacido en la sierra, junto a Balleza, en el mero San Ignacio, perteneciente al valle de Olivos, se había levantado en armas con Guillermo Baca. Fue en el cerro de la Cruz, una mañana de noviembre. Un puño de hombres, con el grito de la revolución y la bandera tricolor, quebraban el silencio del pueblo mandando balazos a todas las rendijas donde estaban los rurales. Parecía que jugaban sobre sus caballos. Corrían por las plazas, iban a los cerros, gritaban y se reían. Los que vieron el levantamiento cuentan que no parecía un levantamiento.

Don Guillermo Baca fue el primer jefe revolucionario del Norte. Protegía a los pobres de Parral. Se acuerdan de él con mucho cariño. Era comerciante, tenía conocimiento con todos los hombres de la sierra y con ellos formó su tropa.

La noche del 20 de noviembre se subieron al cerro, al otro día bajaron haciendo fuego y gritando vivas. Al bajar del cerro les mataron al abanderado. Todos salieron rumbo a la sierra. En Mesa de Sandías combatieron. Desapareció don Guillermo Baca. Su caballo apareció solo, la silla tenía manchas de sangre. Nadie lo encontró. Pasaron días y meses, nadie supo nada. En Parral lloraba la gente.

En una cueva hallaron los puros huesos de don Guillermo. El pueblo se paró frente a Palacio y allí lo velaron. Cuando lo fueron a enterrar, este Abelardo les gritó a todos que los Herrera eran los causantes de la muerte del Jefe. Abelardo se fue a la sierra.

Un día el Jefe de las Armas mandó aprehender a Abelardo.

Háganse rueda, muchachos,
vengan todos a cantar
la tragedia de Abelardo,
yo se la voy a enseñar.
Salió Abelardo y su padre,
el Capitán y su gente;
tienen que ser aprehendidos
por orden del Presidente.
Salió Abelardo y su padre,
dispuestos para salir,
de su familia y esposa
se fueron a despedir.
Abelardo nos decía:
Me avisa mi corazón
que éstos son preparativos
de una terrible traición.
Abelardo les decía:
Quiero ver su remisión,
le presentaron la carta
de muy buena condición.
Y en la carta le decían:
No tienes ni qué temer,
entrega todas tus armas,
no te vamos a ofender.
Su padre le dice:
Hijo, no tenemos qué temer.
Si no tenemos delito
ahora lo vamos a ver.

Los encerraron en Palacio, los querían matar. Los Herrera hicieron todo lo posible para que desapareciera Abelardo.

Los soldados de Balleza, capitaneados por Cornelio Meraz, sitiaron Palacio. Todos tenían el rifle en el hombro y un ojo cerrado. Apuntando ordenaron que les fueran entregados los presos. Todo pasó en unos minutos. La tragedia dice:

La gente que traiba Prieto
descogida con despacio,
la prueba ahí se la dieron
lo sacaron de Palacio.

Abelardo y su gente salieron a la sierra. Allá estaban cuando una noche les cayó de sorpresa, en el momento en que el padre y el hijo estaban descuidados, un hombre nombrado Jesús Yáñez. En el ranchito de San Juan, por el río arriba de Balleza, allí murieron asesinados por Yáñez y su escolta. Cuando sucedieron las descargas, Abelardo se tiró al río y cayó en la orilla dentro del agua; los balazos los tenía en la espalda. A su padre lo fusilaron en la puerta de su casa.

Sábado 15 de julio
qué triste quedó la plaza.
A Abelardo lo mataron
en la puerta de su casa.
Su madre lloraba triste
con el corazón partido:
ya mataron a Abelardo
y a Francisco mi marido.

Yáñez era teniente de la gente de los Herrera. Abelardo tenía, al morir, veintiún años; fue maderista desde 1910. Empezó siendo cabecilla de cuatro amigos y terminó teniendo una tropa.

Los cuarteles de la Sierra
se quedaron azorados
de ver a Abelardo Prieto,
cómo tumbaba soldados.

Los que todavía recuerdan a Abelardo cantan la tragedia. Son así las deudas entre hombres; se pagan con canciones y balas. Los Herrera no cantan, sus cuerpos cobijaron balas que no iban dirigidas a ellos; sin embargo, Abelardo Prieto está vengado.

Las hojas verdes de Martín López

Fue el 4, era septiembre, ¿de qué año? A Martín López se le incrustó en el vientre una bala fría. Esto sucedió después de un combate que daban los villistas al ir sobre la capital de Durango. Fue en la hacienda "La Labor" y murió al llegar a Las Cruces. En el acto se supo que había muerto el segundo de Villa. Los carranzas llegaron unos días después y lo desenterraron. Querían ver si, efectivamente, era Martín López. Le tenían tanto miedo que, cuando lo sacaron de debajo de la tierra, lo vieron incrédulos. Le sacudieron la cara, le limpiaron los ojos, le abrieron la blusa y le vieron el vientre donde tenía alojada la bala. También le despegaron unas hojas todavía verdes que le cubrían la herida. Hicieron muchas cosas para convencerse de que Martín estaba muerto. Martín López, el hombre que les había hecho tantas derrotas, aquel joven general que no los dejaba ni dormir. Le tenían mucho miedo.

El general Villa lo lloró más que a nadie. Lo quería como un hijo. Desde la edad de doce años, en 1911, Martín López era su asistente.

Pablo, Martín y Vicente López, tres hermanos, murieron siendo villistas, el último fue Martín, llegó a ser su segundo y su hijo. Nadie con más derecho puede llamarse hijo del general Villa. Martín sí se parecía a Villa, era su hijo guerrero. En él el general realizó sus ideas guerreras con exactitud matemática. Nadie pudo haberlo entendido mejor en los momentos de batalla. El muchacho, delgado y rubio, estaba borrado por la tierra con que le habían tapado los compañeros. Sus manos, ágiles para manejar las riendas y repartir las balas, ya no existían. Podían quedar contentos los enemigos, podían llorarlo sus compañeros, otro Martín López no volvería a verse por esos rumbos. (Así fraseaba un poeta del pueblo que me narró espontáneamente la muerte del general Martín López.)

Tragedia de Martín

Paloma Real de Durango, párate allí en el Fortín. Les dices a los carranzas, que aquí se queda Martín.

Martín López les decía: ni miedo les tengo yo, y jugando a los balazos, ninguno se le escapó.

Martín López les decía cuando atacaron Columbus: quemamos todas las casas y nos vamos a otros rumbos.

En la hacienda "La Labor", una bala lo alcanzó: dos días luego pasaron y luego se nos murió.

Martín López nos decía: no se vayan a rendir, mejor se mueren alzados y así es bonito morir.

Martín López le hace piernas a su caballo alazán, en llanos de Catarinas, fue un diablo para pelear.

De un lado para otro iba, gritando fuerte y muy claro: aquí les traigo a los changos sus cosquillas y su rayo.

A caballo y con su lazo, los rodeó allí en Canutillo, allí toditos murieron, pos no hubo ningún herido.

En Chihuahua y en Torreón y en el bonito Parral, Martín López fue adelante, porque sabía pelear.

A Chihuahua se metió, en su caballo "jobero", los escalones subió, del Palacio del Gobierno.

En Las Cruces se murió en ese mes de septiembre, lo enterraron los dorados, los muchachos y su gente.

Paloma Real de Durango, no te canses de volar, diles que al Güero Martín, lo acaban ya de enterrar.

Pancho Villa lo lloraba, lo lloraban los dorados, lo lloró toda la gente, hasta los más encuerados.

Todos los cerros del Norte recordarán a Martín, a caballo los subió, sin miedo de irse a morir.

Vuela paloma ceniza, vete pa'quella humadera, y diles que Martín López aquí se quedó en la sierra.

Las mujeres del Norte

Era febrero, llegaron las fuerzas del general Villa. Dice Chonita, contenta de recordarlo:

–Hacía mucho aire, los sombreros nomás se les pandeaban en la cabeza. Bañados de polvo traían la boca seca, los ojos revolcados, pero muy tranquilos miraban las calles. Entraron a caballo, estaban muy contentos. Las gentes que los vieron los recuerdan todavía. "Sí, cómo no, sí", dicen las señoras: "por allí iba Nicolás Fernández, alto, delgado, con toda la cara llena de tierra del camino real. Muy tranquilo pasó por aquí, después se detuvo frente al Cuartel General y habló con Villa, quebró la rienda y se alejó por aquella esquina de allá". Extienden la mano y señalan, y tornan a rememorar las figuras de los centauros de la sierra de Chihuahua.

"Martín López, aquel muchacho tan muchacho, que parecía un San Miguel en los combates. ¿No se acuerdan cómo nomás le volaba la mascada del cuello, y doblándose sobre el caballo se metía hasta adentro de los balazos revuelto con los enemigos? ¿Quién hubiera podido detenerle? Las balas no le entraban. Martín, el que lloraba cuando se acordaba de su hermano Pablito, se fue por allí, por el callejón ése", señalan un callejoncito empinado y lleno de piedras, "iba tendido sobre el caballo. Por la otra calle, el enemigo entraba también corriendo y la sombra de Martín López se miraba brincar por sobre los pretiles, el enemigo no lo miró. San Miguel lo cuidaba. Las voces repiten –allá donde la vida se quedó detenida en las imágenes de la revolución– el nombre de Martín. Martín López, el muchacho valiente, por allí se fue." Y una mano vieja, de uñas partidas y dedos gastados por el trabajo, señala el callejón de piedritas. "Por allí se fue, dicen aquellas mujeres.

Iba solo y su alma, nomás miraba a los cerros, pero al oír los balazos se reía con nosotros. Pobrecito, Dios lo tenga en paz."

Y Elías Acosta, el de los ojos verdes y las cejas negras, hombre hermoso, con su color de durazno maduro, venía por ese lado con su asistente y se detuvieron en casa de Chonita.

Apenas comenzaron a comer, cuando les gritaron de la calle:

—Ya vienen por el puente los changos.

—Madrecita —dijo Elías Acosta—, horita vengo, cuide que no se me enfríe mi caldo.

Su asistente les hizo a los changos el juego. Elías Acosta, escondido en el callejoncito, les hizo fuego; jamás le fallaba la puntería.

Volvieron a la casa de Chonita a buscar su caldo y su taza de atole.

Chonita les traía todo, corría, volaba; sabía que aquel hombre adornaba, por última vez, la mesa de su fonda.

—¿Cuánto le debo? —le dijo tímidamente—. Ya nos vamos, madrecita, porque vienen muchos changos.

—Nada, hijo, nada. Vete, que Dios te bendiga.

—Por allí se fueron —decía, levantando su brazo prieto y calloso, Chonita, la madrecita de Elías Acosta y de tantos otros.

Las voces siguen preguntando:

—¿Y Gándara? ¿Y el Chino Ortiz?

—Sí —contestan aquellas mujeres testigos de las tragedias—, sí, cómo no, allí donde está esa piedra le tumbaron el sombrero y lo fueron a matar hasta allá, frente a aquella casa.

"*Kirilí, Taralatas,* cada quien se fue por donde pudo.

"Habían entrado, era febrero, hacía aire, los ojos los traían revolcados. Los sombreros se les pandeaban sobre la frente. Las manos rajadas por el viento se mecían sobre la rienda de sus caballos. Sólo estuvieron unas cuantas horas y luego se fueron", los brazos de las madrecitas de ocasión señalan los lugares. "No les dieron tiempo de nada, pobrecitos. ¿Volverán en abril? ¿Volverán en mayo? Esta vez se quedó uno, todavía no lo levantan. Lo recogerá el carro de la basura. Nosotros no lo podemos hacer, nos matarían los carranzas.

"¡Pero ellos volverán en abril o en mayo!", dicen todavía las voces de aquellas buenas e ingenuas mujeres del Norte.

Ismael Máynez y Martín López

Llegaron a Rosario y siguieron más allá. El general Villa supo esto y escogió el lugar apropiado para el encuentro.

Martín López fue comisionado para que con una caballería fuera atrayendo al enemigo. Iría al encuentro de los changos Ismael Máynez, coronel del Estado Mayor de Villa; iba con Martín. (Ismael Máynez vive en el Valle de Allende, allá en el estado de Chihuahua.) "La orden que nos dio el Jefe", dice Máynez, "fue ésta: 'Mira, Martín, vete y los toreas. No gastes mucho parque; pero date un agarrón y luego te haces el derrotado en sus meras narices. Luego te reconcentras aquí, pero te metes por aquella vereda, allá en donde se miran aquellas ramas de mezquites, y allí aguardas. La contraseña para empezar es el ruido de estas dos señoras que tengo aquí' (le enseñó dos granadas de mano que tenía listas); él mismo las haría explotar. Nadie se movería, nadie, pasara lo que pasare. 'Y que cuando ya estén agarrados', dijo, 'tú entras, Martín, con tus muchachos y les tapas aquella salida', y señaló un lado probable de escape. 'Los quiero encerrar aquí mismo. Ándale, Martín, vuélenle, muchachos.'

"El general Villa ya había extendido a sus hombres. Detrás de las lomitas, allí estaban los muchachos tirados de panza; y muy tranquilos esperaban." (Los ojos azules de Ismael Máynez se entrecierran como para recoger la visión exacta de sus compañeros, tirados boca abajo.) Sigue hablando con la tranquilidad que tienen los hombres norteños para exponer sus verdades. "Nos fuimos a encontrarlos. Martín, que era el vivo retrato del general Villa, hacía las cosas tan exactas que nunca fallaba, cumplía las órdenes como si fuera el mismo Villa. Había bebido hasta el último pensamiento del general y casi podíamos ver que adivinaba lo que el general Villa quería. No le hacía que estuviera lejos o cerca. ¡Ah qué Martín tan travieso, cómo se burlaba de aquellos malditos changos! Cómo jugaba con ellos, había que verlo. Hacía lo que le daba la gana", dice riéndose Ismael casi a carcajadas, "y, cuando se juntaba con Elías Acosta, ¡válgame Dios de mi alma, qué par! (a Elías le decíamos *La Loba*), eran traviesos como sólo ellos y capaces de todo. Lo malo fue que a Elías lo mataron muy pronto. Martín, en cada agarrón, creíamos perderlo, no le importaban las balas ni los hombres, se metía, era el vivo diablo.

"A Martín, mandado por el jefe, le debemos las encerronas más grandes que les dimos a los carrancistas.

"Cumpliendo las órdenes recibidas, Martín López, con su caballería, se enfrentó con los changos. Éstos, a su vez, se fueron acercando con mucha desconfianza. La caballería villista, capitaneada por Martín López, no contestaba el fuego. Cuando ya estuvimos casi frente a frente", dice Ismael Máynez, "les tiramos una zurra de plomo y dimos la vuelta sin presentar combate. Y así, reculando poco a poco y balazo y balazo, pudimos llegar a la vereda que nos había señalado el jefe. Nos fuimos detrás de las peñitas y allí nos desmontamos y nos agazapamos. Los carrancistas se acercaban más y más. Ya estaban dentro de los llanos. Nosotros no oímos nada, el general no tiraba las granadas. Martín me dijo: 'A ver, mira qué ha pasado'. Me subí a un mezquite y desde allí miré. El general seguía en su puesto, los muchachos seguían tirados, nadie se movía. Los changos ya estaban junto a ellos, casi ya habían llegado hasta el pie de las improvisadas trincheras, y nada que nos daba la señal. '¿Qué le habrá pasado al jefe?', dijo Martín muy apurado, 'Fíjate bien'. 'Sí, allí están', le decía yo, pero sin entender lo que pasaba. Ya casi brincaban el fortín. Me bajé rápido y le di a Martín el anteojo para que él mismo viera lo que pasaba. Todavía ni me agazapaba, cuando sonaron las dos señoras que el general tenía en las manos. Nos montamos corriendo y nos fuimos a cubrirnos por el lado que nos había señalado el general. ¡Qué agarrón fue aquél, señor de mi alma! Se dieron una asustada los changos. A eso se debió que dieron media vuelta. Una media vuelta mortal. Martín maniobró que daba gusto verlo. El jefe de frente. Martín casi agarrando todo el flanco izquierdo del enemigo. ¡Qué bonito resultó aquello! En toda nuestra campaña de cinco años, contra Carranza, no volvimos a ver juntos tanto chango muerto. Murieron dos mil ochocientos carrancistas. La cercada aquella fue para Murguía uno de sus más grandes fracasos. Y más si se toma en cuenta que en esos momentos nos tenían como a unos derrotados."

Termina Ismael Máynez dando un trago de café y manda sus ojos hasta allá, al Alto de la Cantera, donde un día se besaron con la muerte.

Mamá decía que aquel triunfo había sido festejado por el pueblo del Parral, y que una mañana que había nevado atravesaban la calle unos bultos oscuros, desgarrados, arrastrando un rifle, y algunos montando un caballo que ya no caminaba; no eran seres humanos, eran bultos envueltos en mugre, tierra, pólvora; verdaderos fantasmas.

Mi tía Fela y Mamá los habían visto ir a perseguir a los villistas, habían pasado por la Segunda del Rayo, iban muy contentos y hoy ¿venían arrastrándose desde Rosario? Los ojos de Mamá tenían una luz muy bonita, yo creo que estaba contenta. Las gentes de nuestros pueblos les habían ganado a los salvajes. Volverían a oírse las pezuñas de los caballos.

Se alegraría otra vez nuestra calle, Mamá me agarraría de la mano hasta llegar al templo, donde la Virgen la recibía.

Cronología de Nellie Campobello

Las ficciones con las que Nellie Campobello pobló su vida tuvieron orígenes que aún nadie ha indagado ni interpretado. Ella dio datos contradictorios o simplemente falsos sobre su vida, se cambió de nombre y utilizó el verdadero ¡para disfrazarse!, mantuvo durante muchos años una relación amorosa al mismo tiempo pública y secreta. Todas estas máscaras fueron, entre otras razones, una estrategia de sobrevivencia en el mundo despiadadamente patriarcal de la sociedad, la política y la cultura mexicanas. Fueron también muchas otras cosas que apenas si vislumbramos. La reconstrucción necesaria de esta vida singular –que terminó dolorosamente en otro encubrimiento, el de la persona misma de Nellie Campobello, atrapada por individuos de quienes lo menos que se puede decir es que tenían turbias intenciones– tendrá, en algún momento, que apelar a una fuerza interpretativa que corresponda con la voluntad simbólica de las estrategias vitales de esta mujer excepcional. Le debemos muchas cosas a Nellie Campobello, entre ellas, una investigación seria de su vida.

1900: Nace en Villa Ocampo, Durango, el 7 de noviembre, y se le da el nombre de María Francisca Moya Luna.

1906 (?): La familia se muda a Hidalgo del Parral, Chihuahua.

1906-1911: La familia parece haber vivido en algún periodo en la ciudad de Chihuahua.

1911: Junio: en Parral, nace Soledad, la media hermana menor de Nellie, quien luego adoptaría el nombre de Gloria. Blanca Rodríguez, siguiendo a Jesús Vargas, atribuye la paternidad a Ernest Campbell Reed.

Para el nacimiento de la misma Soledad (Gloria), Irene

Matthews –p. 34– da la fecha de 21 de octubre y se pregunta quién pudo ser el padre, si el doctor Ernesto Stephen Campbell Reed o el doctor Jesús Campbell Morton, e inmediatamente agrega una frase enigmática en relación con este último: "'pelirrojo, no muy alto', recuerda su ahijada favorita, quien le 'quería mucho'".

Si con "su ahijada favorita" Matthews se refiere a Nellie Campobello, ¿por qué la duda sobre quién fue el padre de Soledad? Doce páginas después, sin aclaración ninguna, Matthews da como un hecho que el padre fue, en efecto, Jesús Campbell Morton (véase p. 46).

1911-1918: La familia de Campobello vive en Parral.

1915: 4 de septiembre: Tomás Urbina es fusilado por Rodolfo Fierro (véanse "Los hombres de Urbina", "Tomás Urbina"). El relato "Mi hermano y su baraja" parece estar relacionado también con la deserción de Urbina, quien se llevó a un buen contingente de villistas. Lo más probable es que "*El Siete*" fuera mayor que Nellie, si su madre había nacido en 1879.

1916: 5 de junio: fusilamiento de Pablo López en la ciudad de Chihuahua (véanse "La muleta de Pablo López" y "Las tarjetas de Martín López").

11 de diciembre: los villistas entran en Parral.

1917: A principios de julio, ataque villista a Parral. Ya casi ocupada la ciudad, los villistas se retiran ante la noticia de que dos columnas federales se acercan por distintos puntos. En la defensa de la ciudad, el 8 de julio, muere el general Jesús Manuel Sobarzo (véase "Las tripas del general Sobarzo"). Jesús M. Sobarzo (Campobello lo llama "Luis Manuel") era el comandante del 21 batallón de Sonora.

"Parral era la plaza preferida de Villa. Muchas veces dijo: 'Parral me gusta hasta para morirme'. Por eso cada mes o cada tres meses estaba frente a la plaza, dispuesto a tomarla, y lo logró siempre; sólo en 1916, cuando la defendía el general Sobarzo, le falló el ataque. Entró hasta la estación, sector donde murió el propio general Sobarzo" (Nellie Cam-

pobello, *Apuntes de la vida militar de Francisco Villa*, p. 190).
La muerte de Sobarzo ocurrió en 1917, no en 1916, como
dice Campobello.

1918: 8 de junio: Villa ataca Parral.

1919: Según Jesús Vargas (cit. por Blanca Rodríguez, p. 74),
en febrero, Nellie Campobello da a luz a un hijo, José Raúl
Moya, quien muere dos años después, en 1921.

18 de abril: ataque villista a Parral (Villa en persona o tropas villistas atacaron muchas veces Parral en estos años, como lo declaró la misma Nellie Campobello. Es imposible
pretender aquí dar una lista exhaustiva de estos ataques.
Las referencias que damos sólo son indicativas de ocasiones
en las cuales pudieron suceder algunos de los acontecimientos narrados por Campobello en *Cartucho* y *Las manos
de mamá*).

4 de septiembre: muerte de Martín López (véanse, "Las
hojas verdes de Martín López" y "Tragedia de Martín").

En este año, mudanza de la familia de Nellie Campobello
a la ciudad de Chihuahua. En "La muerte de Felipe Ángeles", Nellie Campobello habla de haber presenciado el
Consejo de Guerra del general villista y dice que, después
de fusilado, "fui con Mamá a verlo". El Consejo de Guerra de
Felipe Ángeles se inicia el 24 de noviembre en el Teatro
de los Héroes de la ciudad de Chihuahua. El 25, Ángeles es
condenado a muerte; y el 26, fusilado.

1922: Muere en septiembre la madre de Campobello: "Mamá
murió a los treinta y ocho años en Chihuahua", le contó
ella a Emmanuel Carballo (p. 417). En cambio, Jesús Vargas
señala que la madre de Campobello murió a los cuarenta y
tres años (véase el artículo de A. Ponce, "Congreso de Historia..."), lo cual la haría apenas un año menor que Villa.
En cambio, si fuera cierta la cifra que dio Campobello, la
madre habría nacido en 1884 y habría tenido apenas dieciséis años cuando dio a luz a Nellie.

1923: A mediados de año, Nellie y Gloria, con otros miembros
de su familia, se mudan a la ciudad de México. Según ella

misma lo cuenta, conoce a Martín Luis Guzmán en este año. Probablemente, en esta época comienza a usar el nombre de Nellie Campbell.

20 de julio: asesinato de Pancho Villa y de otros miembros de su escolta en Parral (véase "El cigarro de Samuel": Samuel Tamayo fue uno de los que murió con Villa. La mayoría de las fuentes le dan el nombre de Daniel).

A fines de este año o a principios de 1924, Martín Luis Guzmán sale de México a un exilio que durará doce años (hasta principios de 1936). Varios textos afirman que la principal influencia de Nellie Campobello a fines de los años veinte fue Martín Luis Guzmán. A menos de que existiera correspondencia entre ellos, la afirmación es difícil de probar, pues en estos años Guzmán no estuvo en México.

1924-25: Campobello inicia, con su hermana Gloria, sus estudios de danza. (¿Es posible iniciarse en la danza a los veinticuatro o veinticinco años de edad?) Podría ser que Campobello ya hubiera estudiado danza desde mucho antes o que su propósito fuera adquirir los conocimientos básicos para convertirse en coreógrafa, como sucedió, y con mucho éxito. Otro motivo pudo ser su deseo de acompañar a su hermana, como lo declaró ella misma: "Nosotros somos ricas, no necesitamos de la danza. Yo estoy en esto por Gloriecita, esta muchacha se interesa tanto por ella". Gloria, en efecto, llegó a convertirse en "prima ballerina".

1927: Julio: Las dos hermanas participan en el debut del Ballet Carroll Classique, "cuadro de ballet organizado con señoritas de la colonia anglo-americana".

1929: Aparece *¡Yo!*, por Francisca, su primer libro de poemas. Como en esos años y en ese nuevo mundo de la ciudad de México todos la conocían como Nellie, "Francisca", su nombre propio, era un paradójico seudónimo (éste es uno más de esos gestos singulares de Campobello con los cuales, a través de la máscara usada como rostro verdadero, apunta a la verdad descarnada y a la condición trágica de su vida como si ésta fuera una máscara más profunda).

Algunas versiones dan las fechas de julio de 1929 a la primavera de 1930 como el periodo de su estancia en La Habana; otras parecen indicar que la estancia se realizó de enero a marzo-abril de 1930.

1930: En La Habana, Nellie Campobello conoce a García Lorca (quien estuvo en Cuba del 7 de marzo al 12 de junio).

En la reseña de un espectáculo "de danza mexicana", ya se habla de "Nellie Campobello".

1931: Da clases de ballet en escuelas oficiales y en la Escuela Plástica Dinámica (antecedente de la Escuela Nacional de Danza).

Noviembre: se estrena en el Estadio Nacional el ballet *30-30*, con argumento y coreografía de Nellie Campobello.

Aparece la primera edición de *Cartucho*.

1932: 15 de mayo: se inaugura la Escuela Nacional de Danza. Nellie Campobello recibe el cargo de "ayudante del director".

1934: Campobello comienza a enseñar danza mexicana en la Escuela de Verano de la UNAM.

1934-1937: Coreografías para la Escuela de Danza.

1937: Aparece la primera edición de *Las manos de mamá*. A partir de este año (hasta 1984) ocupa la dirección de la Escuela Nacional de Danza.

1940: Aparece la segunda edición –corregida y aumentada– de *Cartucho*. Aparecen *Apuntes sobre la vida militar de Francisco Villa* y *Ritmos indígenas de México* (este último en coautoría con su hermana Gloria).

1941: Coreografías para la Escuela Nacional de Danza.

1943: Funda el Ballet de la Ciudad de México (con la colaboración de su hermana Gloria, Martín Luis Guzmán y José Clemente Orozco).

Entre este año y 1947, se estrenan catorce ballets. Durante estos años, Guzmán es una compañía permanente de Nellie Campobello: de hecho, parece haber sido un secreto a voces que Campobello y Guzmán mantenían una intensa relación amorosa que se inició probablemente desde el regreso de este último a México en 1936 hasta su muerte en 1976. En este sentido, un discípulo de ella señaló: "pero nunca los vimos tomados de la mano o echándose miraditas... él la llamaba *la señorita Nellie* y ella *el señor Guzmán*". Pero la misma Campobello le declaró a Patricia Aulesia: "Nunca me creo de los changos, a ver, que digan cuándo me han visto con uno... nunca me he enamorado de nadie. Nunca...", declaración que, desde cierta perspectiva, no niega la posibilidad de su relación con Guzmán.

1949: Segunda edición de *Las manos de mamá*.

1957: Aparece *Tres poemas*.

1960: Aparece *Mis libros* (donde se publica toda su obra –narrativa, poética, histórica– excepto *Ritmos indígenas de México*).

En este año, aparece también *La novela de la Revolución mexicana*, antología de Antonio Castro Leal, que incluye *Cartucho* y *Las manos de mamá*.

1968: Muere Gloria, la hermana de Nellie.

1976: Muere Martín Luis Guzmán.

1983: 18 de febrero: se presenta por última vez en la Escuela Nacional de Danza.

1985: Febrero: Nellie Campobello comparece en un juzgado. Muestra rasgos de suma debilidad, de estar perdiendo sus facultades mentales o de estar narcotizada. Todo parece indicar que es manipulada por una pareja de "guardianes", quienes la retiran inmediatamente del juzgado y a partir de entonces la ocultan, convirtiéndola prácticamente en una secuestrada. Es su última aparición en público.

Fines de **1998**: Al final de una investigación, la Comisión de Derechos Humanos del Distrito Federal declara que Nellie Campobello murió el 9 de julio de 1986 y que sus secuestradores, Claudio Fuentes Figueroa (o Claudio Niño Cifuentes) y su esposa María Cristina Belmont Aguilar, ocultaron durante trece años el hecho. Sin embargo, las posteriores pesquisas no aclaran completamente los hechos, ni refuerzan la aparente claridad de la investigación que llevó al descubrimiento de la muerte de Nellie Campobello.

La prueba definitiva de su muerte parece ser el encuentro de sus despojos, pero las noticias no son muy claras en relación con este hecho.

Las fechas de nacimiento de Nellie Campobello

En su entrevista con Emmanuel Carballo, Nellie Campobello da el 7 de noviembre de 1909 como fecha de su nacimiento. La entrevista de Carballo es de 1958, y ya antes, en 1950, José Luis Martínez daba la misma fecha. En una disertación radiofónica de 1938, Martín Luis Guzmán señaló, indirectamente, que Campobello había nacido en 1913. Castro Leal y Magaña Esquivel siguieron esta atribución. Irene Matthews y Jesús Vargas han encontrado en las actas parroquiales de Villa Ocampo el registro de la niña María Francisca, nacida el 7 de noviembre de 1900.

Como a un hermano suyo (Mauro) se le dio el nombre de otro hermano anterior, muerto muy niño o recién nacido, se ha especulado la posibilidad de que Nellie Campobello efectivamente hubiera nacido en 1909 como ella decía, pero que se le hubiera dado el nombre de la primera hermana (nacida en 1900 y, en ese caso, muerta prematuramente como el hermano Mauro). Existe esa posibilidad. Pero en contra de ella está el dato de una casualidad enormemente improbable: que las dos hermanas hubieran nacido un 7 de noviembre. Del nacimiento de una niña, hija de Rafaela Luna, en 1909, no parece haber ningún registro en las actas consultadas por Matthews y Vargas.

Los nombres de Nellie Campobello

Irene Matthews (p. 24) señala que en el libro de actas de la iglesia parroquial de San Miguel de Bocas aparece registrado el nacimiento de María Francisca (Moya Luna). En el mismo libro se da el nombre de la madre, Rafaela Luna, pero no el del padre.

Blanca Rodríguez dice (p. 72, n. 2) que Jesús Vargas "descubrió la identidad del padre", llamado Felipe de Jesús Moya, sobrino de Rafaela Luna. Irene Matthews da el mismo nombre sin referirse a Jesús Vargas, quizás porque su información provino de la misma Campobello (la ausencia del padre biológico de Nellie es notable en su obra –en la cual sólo existen dos referencias tangenciales a él– y en todas sus declaraciones; la presencia de Villa, a quien "*El Siete*", hermano de Campobello, llama "Tata" en uno de los relatos de *Cartucho* compensa simbólica y muchas veces físicamente aquella ausencia).

Desconozco cuándo se (le) agregó a la pareja de nombres propios originales el de Ernestina, el cual aparece ya en la presentación de Castro Leal: "se llama Nellie Francisca Ernestina" (p. 923:2).

Muerta Rafaela Luna, Nellie y sus hermanos quedan bajo la protección y el cuidado de la familia del padre de Gloria o del padre mismo, y se trasladan a la ciudad de México: "Este señor nos ligó con las colonias americana e inglesa". A partir de entonces, ella y su media hermana adoptaron los apellidos Campbell y Morton. Y también cambiaron sus nombres propios a Nellie y Gloria, respectivamente. No obstante, por lo menos uno de los otros cuatro hermanos que se mudaron con ellas a la ciudad de México conservó su nombre original: Mauro Rafael Moya.

El uso de estos apellidos parece confirmar la especulación de Irene Matthews de que el padre de Soledad-Gloria fue Jesús Campbell Morton, a menos que algún pariente del "otro" doctor, Ernest Stephen Campbell Reed, tuviera el apellido Morton.

Blanca Rodríguez (p. 74) indica que el nombre propio de Nellie fue escogido "en recuerdo de una perrita".

Con su integración a los proyectos culturales nacionalistas del gobierno mexicano a fines de los años veinte y principios de los treinta, las hermanas hispanizan su apellido y lo convierten en Campobello.

Cartucho

se terminó de imprimir
el 5 de febrero de 2013
en Programas Educativos, S.A. de C.V.,
Calz. Chabacano 65-A, 06850 México, D. F.
Composición tipográfica: Alfavit

Narrativa en Biblioteca Era

Hugo Achugar
  Falsas memorias. Blanca Luz Brum
Jorge Aguilar Mora
  Los secretos de la aurora
César Aira
  Un episodio en la vida del pintor viajero
  Los fantasmas
  La prueba
  La Princesa Primavera
  Las curas milagrosas del Doctor Aira
  El congreso de literatura
  La costurera y el viento
  Cómo me hice monja
  El pequeño monje budista
Nuria Amat
  El país del alma
  Reina de América
Hermann Bellinghausen
  Aire libre
José Joaquín Blanco
  Mátame y verás
  El Castigador
Luis Jorge Boone
  Las afueras
Carmen Boullosa
  Llanto
Luis Jorge Boone
  Las afueras
Pablo Casacuberta
  Aquí y ahora
Rosario Castellanos
  Los convidados de agosto
Alberto Chimal
  Éstos son los días
  Grey
Carlos Chimal
  Cinco del águila
  Lengua de pájaros
Olivier Debroise
  Crónica de las destrucciones (In Nemiuhyantiliztlatollotl)
Ignacio Díaz de la Serna
  Los acordes esféricos
Christopher Domínguez Michael
  William Pescador
Carlos Fuentes
  Aura
  Aura [Edición conmemorativa con ilustraciones de Vicente Rojo]
  Una familia lejana
  Los días enmascarados

Sergio Pitol
  El desfile del amor
  Domar a la divina garza
  La vida conyugal
  Vals de Mefisto
  Juegos florales
  Cuerpo presente
  El tañido de una flauta
  El arte de la fuga
  Pasión por la trama
  El viaje
  Memoria. 1933-1966
Elena Poniatowska
  Lilus Kikus
  Hasta no verte Jesús mío
  Querido Diego, te abraza Quiela
  De noche vienes
  La "Flor de Lis"
  Tinísima
  Tlapalería
Francisco Rebolledo
  Rasero
José Revueltas
  La palabra sagrada. Antología
Patricio Rivas
  Chile, un largo septiembre
Julotte Roche
  Max y Leonora. Relato biográfico
José Ramón Ruisánchez
  Nada cruel
Fabiola Ruiz
  Telares
Juan Rulfo
  Antología personal
Sergio Schmucler
  Detrás del vidrio
Martín Solares (selección)
  Nuevas líneas de investigación. 21 relatos sobre la impunidad
Pablo Soler Frost
  El misterio de los tigres
  Yerba americana
José Gilberto Tejeda
  El justo castigo
Liudmila Ulitskaya
  Sónechka
Gabriela Vallejo Cervantes
  La verdadera historia del laberinto
Varios autores
  Trazos en el espejo. 15 autorretratos fugaces
Socorro Venegas
  La noche será negra y blanca
Paloma Villegas
  La luz oblicua
  Agosto y fuga